MW01492763

Violette Leduc

Thérèse
et Isabelle

Gallimard

Violette Leduc (1907-1972) est née à Arras. Elle fut secrétaire dans une maison d'édition, où elle se lia avec Maurice Sachs, Jean Genet et Simone de Beauvoir, avant de se consacrer à l'écriture. C'est avec la publication en 1964 de *La bâtarde*, préfacé par Simone de Beauvoir, qui frôle le prix Goncourt, qu'elle se fait connaître du grand public. Elle est notamment l'auteur de *Thérèse et Isabelle* (1966), *La folie en tête* (1970) et d'un livre posthume, *La chasse à l'amour* (1973).

À Jacques Guérin
avec ma fidèle affection

VIOLETTE LEDUC
20 mars 1955 au soir

Nous commencions la semaine le dimanche soir dans la cordonnerie. Nous cirions nos chaussures qui avaient été brossées le matin dans la cuisine ou bien dans le jardin de notre famille. Nous venions de la ville : nous n'avions pas faim. Nous évitions le réfectoire jusqu'au lundi matin, nous faisions quelques tours de cour, nous allions dans la cordonnerie, deux par deux, avec l'adjudant qui s'ennuyait. La cordonnerie de notre collège ne ressemblait pas aux échoppes où le clou, la forme, le marteau nous poussent à remettre nos pieds sur les pavés. Nous cirions dans une chapelle de monotonie, sans fenêtres, mal éclairés, nous rêvions avec nos chaussons sur nos genoux les soirs de rentrée. L'odeur vertueuse du cirage qui nous fortifie dans les drogueries nous désolait. Nous languissions sur le chiffon, nous étions gauches, nous avions perdu nos aises. La nouvelle surveillante assise comme nous sur la banquette lisait et poursuivait le récit hors de la ville, hors du collège pendant que nous caressions dans le vague le cuir avec la laine. Nous étions, ce soir-là, dix rentrantes blêmes dans une lumière de salle d'attente, dix rentrantes qui ne se parlaient pas, dix boudeuses qui se ressemblaient, qui se fuyaient.

Mon avenir ne ressemble pas au leur. Je n'ai pas d'avenir dans le collège. Ma mère l'a dit. Si tu me manques trop je te reprendrai. Le collège n'est pas un navire pour les autres pensionnaires. Elle peut me reprendre d'un instant à l'autre. Je suis une passagère. Elle peut m'enlever du collège un jour de rentrée, elle peut me reprendre ce soir. Trente jours. Trente jours que je suis de passage dans le collège. Je veux vivre ici, je veux cirer mes chaussures dans la cordonnerie. Ce n'est pas Marthe qui sera rappelée... Ce n'est pas Julienne qui sera rappelée... Ce n'est pas Isabelle qui sera rappelée... Elles sont sûres de leur avenir, pourtant je parierais qu'Isabelle crache sur le collège en crachant sur sa chaussure. Mon cirage serait moins dur si je crachais comme elle. Je pourrais l'étaler. Elle a de la chance. Ses parents sont professeurs. Qui pourrait l'arracher du collège ? Elle crache. Peut-être est-elle fâchée, la meilleure élève du collège... Je crache comme elle, je mouille mon cirage mais dans un mois où serai-je ? Je suis la mauvaise élève, je suis la plus mauvaise élève du grand dortoir. Cela ne me fait ni froid ni chaud. Je déteste la directrice, crache ma fille, crache sur ton cirage, je déteste la couture, la gymnastique, la chimie, je déteste tout et je fuis mes compagnes. C'est triste mais je ne veux pas m'en aller d'ici. Ma mère s'est mariée, ma mère m'a trompée.

La brosse est tombée de mes genoux, Isabelle a donné un coup de pied à ma brosse à reluire pendant que je ruminais.

— Ma brosse, ma brosse !

Isabelle baisse la tête, Isabelle crache plus fort sur le box-calf. La brosse part sous le pied de la surveillante. Ton coup de pied tu me le paieras. Je ramasse l'objet, je renverse le visage d'Isabelle, j'enfonce mes doigts, j'enfonce le chiffon maculé de cirage, de poussière et de crème rouge dans ses yeux, dans sa bouche, je regarde sa peau laiteuse dans l'échancrure de son uniforme, j'ôte ma main de son visage, je reviens à ma place. Isabelle furieuse et silencieuse se nettoie les yeux et les lèvres, elle crache une sixième fois sur la chaussure, elle soulève les épaules, la surveillante ferme son livre, claque des mains, la lumière sursaute. Isabelle recommence à faire briller sa chaussure.

Nous l'attendions. Elle croisait les jambes, elle frottait. Il faut venir, lui dit avec timidité la nouvelle surveillante. Nous étions entrées dans la cordonnerie avec des talons bruyants mais nous partions dans l'effacement avec nos chaussons noirs de fausses orphelines. La silencieuse, proche parente de l'espadrille, feutre ce qu'elle foule : la pierre, le bois, la terre. Des anges nous donnaient leurs talons quand nous quittions la cordonnerie avec de la tristesse douillette qui descendait de notre âme dans nos chaussons. Chaque dimanche nous montions au dortoir avec l'adjudant à nos côtés, nous respirions le long du chemin l'odeur rose du désinfectant. Isabelle nous avait rattrapées dans l'escalier. Je la déteste, je veux la détester. Je serais soulagée si je la détestais davantage. Demain je l'aurai encore à ma table au réfectoire. Elle préside. Elle préside la table où je mange au réfectoire. Je ne pourrai pas changer de table. Son petit sourire en biais quand j'arrive en retard. Je lui ai aplati son petit sourire en biais. Ce cran naturel… Ce cran naturel je lui aplatirai aussi. J'irai chez la directrice s'il le faut mais je changerai de table au réfectoire. Nous sommes entrées dans un dortoir où le sombre éclat du linoléum prédisait la solitude de l'allée à minuit. Nous avons soulevé notre rideau de percale, nous nous sommes retrouvées dans notre chambre sans serrure, sans murs. Isabelle a fait glisser après les autres les anneaux du rideau sur la tringle, la sentinelle s'est promenée dans l'allée. Nous avons ouvert nos valises, nous avons sorti notre linge de corps, nous l'avons rangé sur la planche dans notre penderie, nous avons gardé les draps pour notre lit étroit, nous avons jeté la clé dans la valise que nous avons refermée pour huit jours, nous l'avons rangée aussi dans la penderie, nous avons fait notre lit. Nos objets dans de la lumière municipale ne nous appartenaient pas. Nous nous sommes défaites de notre uniforme, nous l'avons reformé sur un cintre pour la promenade du jeudi, nous avons plié nos dessous, nous les avons déposés sur la chaise, nous avons décroché notre peignoir.

Isabelle sortit du dortoir avec son broc.

J'écoute le frottement du gland de sa cordelière sur le linoléum. J'entends le tambourinage de ses doigts sur l'émail. Son box en face du mien. J'ai cela en face de moi. Ses allées et venues. Je les guette, ses allées et venues. Vous avez chopiné ? Vous avez bien chopiné ? Voilà ce qu'elle me dit quand j'arrive en retard au réfectoire. Je lui aplatirai son sourire moqueur. Je n'ai pas chopiné. J'ai étudié les arpèges diminués. Elle se moque parce que je m'enferme dans la salle de solfège. Elle me dit que je fais du fracas, elle me dit qu'elle m'entend de la salle d'étude. C'est vrai : j'étudie mais ce n'est que du fracas. Encore elle, toujours elle, encore elle sur le palier. Je tombe sur elle. Je me serais déshabillée lentement si j'avais su qu'elle prendrait de l'eau au robinet. Je me sauve ? Je reviendrai ici quand elle sera partie ? Je ne me sauverai pas. Elle ne me fait pas peur : je la déteste. Elle tourne le dos. Quelle nonchalance… Elle sait qu'il y a quelqu'un dans son dos mais elle ne se presserait pas. Je me dirais qu'elle me nargue si elle savait que c'est moi mais elle ne le sait pas. Elle n'a même pas la curiosité de voir qui est dans son dos. Je ne serais pas venue si j'avais prévu son lambinage. Je la croyais loin : elle est près de moi. Son broc sera bientôt plein. Enfin. Je les connais ses longs cheveux défaits, ce n'est pas nouveau ses longs cheveux défaits puisqu'elle les promène dans l'allée. Pardon. Elle m'a dit pardon. Elle a frôlé mon visage avec ses cheveux pendant que je pensais à eux. Cela dépasse l'imagination. Elle a rejeté sa chevelure pour me l'envoyer au visage. J'ai eu sa masse de cheveux sur mes lèvres. Elle ne savait pas que j'étais derrière elle et elle m'a lancé ses cheveux au visage ! Elle ne savait pas que j'étais derrière elle et elle m'a dit pardon. Ce n'est pas croyable. Elle ne dirait pas je vous fais attendre, je suis lente, le robinet ne marche pas. Elle vous lance sa chevelure pendant qu'elle vous demande pardon. L'eau coule moins vite. Elle a touché le robinet. Je ne te parlerai pas, l'eau ne coule presque pas, tu n'auras pas un mot de moi. Tu m'ignores, je t'ignore. Pourquoi veux-tu que j'attende ? C'est cela que tu cherches ? Je ne te parlerai pas. Si tu as le temps, j'ai le temps.

La surveillante dans l'allée nous a appelées comme si nous étions deux complices. Isabelle s'en est allée.

J'ai entendu qu'elle mentait et qu'elle expliquait à la nouvelle surveillante qu'il y avait eu un arrêt d'eau.

La surveillante lui parle à travers le rideau de percale : Vous avez dix-huit ans ? Nous avons presque le même âge, lui dit la surveillante. Le sifflement d'un train échappé de la gare que nous avions quittée à sept heures leur coupe la parole. Isabelle savonne sa peau. Chopiné... Est-ce que vous avez bien chopiné ? Qui me dira ce qu'elle a derrière la tête ? C'est une fille qui a quelque chose derrière la tête. Elle rêve ou bien elle crache ; elle rêve et travaille mieux que les autres.

— Et vous, quel âge avez-vous ? m'a demandé la nouvelle surveillante.

Isabelle saura mon âge. « Dix-sept, dis-je entre mes dents. — Vous êtes dans la même classe ? dit la surveillante. — Oui, dans la même classe, répond Isabelle qui rince son gant de toilette avec enthousiasme. — Elle vous ment, m'écriai-je. Vous ne voyez pas qu'elle se moque de vous. Je ne suis pas dans sa classe et je m'en fiche. — Soyez correcte », me dit la surveillante.

J'ai entr'ouvert mon rideau : l'adjudant s'éloignait, il reprenait sa lecture dans l'allée, Isabelle riait dans son box, une élève trafiquait avec les papiers de ses friandises.

— J'ai des ordres stricts, murmura la nouvelle surveillante. Pas de visites dans les box. Chacune chez soi.

Nous étions toujours à la merci d'une inspection nocturne de la directrice. Nous révisions notre peigne, notre brosse à ongles, notre cuvette, nous nous couchions dans le lit anonyme d'une petite chambre de clinique. Dès que nous avions fini notre toilette et notre révision nous nous montrions allongées et proprettes à la surveillante. Des élèves lui offraient des sucreries, la retenaient avec des banalités flatteuses pendant qu'Isabelle se retirait dans sa tombe. Dès que j'avais refait mon nid dans le lit froid je l'oubliais mais si je m'éveillais, je la cherchais pour la détester. Elle ne rêvait pas à haute voix, son sommier ne grinçait pas. Une nuit je m'étais levée à deux heures, j'avais traversé l'allée, j'avais retenu ma respiration, j'avais écouté son sommeil. Elle était partie. Elle se moquait de moi jusque dans le sommeil. J'avais serré son rideau, j'avais encore écouté. Elle était absente, elle avait le dernier mot. Je la détestais entre sommeil et éveil : dans la cloche de six heures et demie du matin, dans le timbre grave de sa voix, dans le bruit et l'écoulement de ses eaux de toilette, dans sa main qui refermait la boîte de savon dentifrice. On n'entend qu'elle me disais-je avec entêtement. Je détestais la poussière de sa chambre quand elle faisait glisser le ramasse-poussière sous mon rideau, quand elle tapotait sur la cloison, quand elle enfonçait son poing dans la percale de son rideau. Elle parlait peu, elle faisait les mouvements commandés, au dortoir, au réfectoire, dans les rangs : elle se retranchait, elle réfléchissait dans la cour de récréation. Je cherchais d'où lui venait son arrogance. Elle était studieuse sans zèle et sans suffisance. Isabelle dénouait souvent la ceinture de mon tablier, elle jouait à l'hypocrite si je me retournais, elle commençait la journée par cette taquinerie de petite fille et tout de suite renouait la ceinture dans mon dos, m'humiliant deux fois au lieu d'une.

Je me suis levée avec des précautions de contrebandier. La nouvelle surveillante cessa de se brosser les ongles. J'attendais. Isabelle, qui ne toussait pas, toussa : ce soir-là elle veillait. J'ai escamoté sa présence, j'ai plongé mon bras jusqu'à l'épaule dans un sac de tissu morose accroché dans la penderie. Je dissimulais à l'intérieur du sac à linge sale des livres, ma lampe de poche. Je lisais la nuit. Ce soir-là je me suis recouchée sans soif de lecture, avec le livre, avec la lampe de poche. J'ai allumé, j'ai couvé du regard mes silencieuses sous la chaise. Le clair de lune artificiel qui venait de la chambre de la surveillante anémiait les objets de ma cellule.

J'éteignis, une élève froissa du papier, je repoussai le livre avec une main désabusée. Plus gisant qu'un gisant, me dis-je parce que j'imaginais Isabelle toute roide dans sa chemise de nuit. Le livre se ferma, la lampe s'enfonça dans l'édredon. Je joignis les mains, je priai sans paroles, je réclamai un monde que je ne connaissais pas, j'écoutai près du ventre le nuage dans le coquillage. La surveillante éteignit aussi. La chanceuse dort, la chanceuse a un tombeau dans lequel elle s'est perdue. Le tic-tac lucide de ma montre-bracelet sur la table de nuit me décida. J'ai repris le livre, j'ai lu sous le drap.

Quelqu'un espionnait derrière mon rideau. Cachée sous le drap, j'entendais encore le tic-tac inexorable. Un train de nuit quitta la gare et la quitta derrière le sifflement monstre qui perçait des ténèbres étrangères au collège. Je rejetai le drap, j'eus peur du dortoir comateux.

On appelait derrière le rideau de percale.

Je faisais la morte. Je ramenai le drap au-dessus de ma tête. J'allumai ma lampe de poche.

— Thérèse, appela-t-on dans mon box.

J'éteignis.

— Qu'est-ce que vous faites sous vos couvertures ? demanda la voix que je ne reconnaissais pas.

— Je lis.

On arracha le drap, on tira mes cheveux.

— Je vous dis que je lisais !

— Moins haut, dit Isabelle.

Une élève toussa.

— Vous pouvez me dénoncer si vous voulez.

Elle ne me dénoncera pas. J'abuse d'elle et je sais que j'abuse d'elle en lui disant cela.

— Vous ne dormiez pas ? Je vous croyais la meilleure dormeuse du dortoir.

— Moins haut, dit-elle.

Je chuchotais trop fort, je voulais en finir avec la joie : je m'exaltais jusqu'à l'orgueil.

Isabelle en visite ne quittait pas mon rideau de percale. Je doutais de sa timidité, je doutais de ses longs cheveux défaits dans ma cellule.

— J'ai peur que vous me répondiez non. Dites que vous me répondrez oui, haleta Isabelle.

J'avais allumé ma lampe de poche, j'avais eu malgré moi une prévenance pour la visiteuse.

— Dites oui ! chuchota Isabelle.

Elle s'appuyait d'un doigt à ma table de toilette.

Elle serra la cordelière, elle croisa les revers de

son peignoir. Ses cheveux croulaient sur ses ver-
gers, son visage vieillissait.

— Qu'est-ce que vous lisez ?

Elle ôta son doigt de la table de toilette.

— Je commençais quand vous êtes arrivée.

J'éteignis parce qu'elle regardait mon livre.

— Le titre… Dites-moi le titre.

— « Un homme heureux ».

— C'est un titre ? C'est bien ?

— Je ne sais pas. Je commençais.

Isabelle tourna les talons, un anneau du rideau
glissa sur la tringle. Je crus qu'elle disparaissait de
nouveau dans sa tombe. Elle s'arrêta.

— Venez lire dans ma chambre.

Elle repartait, elle mettait de la distance entre
sa demande et ma réponse.

— Vous viendrez ? C'est oui ?

— Je ne sais pas.

Elle quitta mon box.

Je ne retrouvai ni mon souffle ni mes habitudes. Elle retrouvait son lit, son creux. Je la voulais
immobile, allongée pendant que je quitterais mon
lit, mon creux. Isabelle m'avait vue dans les draps
jusqu'au cou. Elle ignorait que je portais une chemise de nuit spéciale, une chemise de nuit à
nid-d'abeilles. Je croyais que la personnalité arrivait du dehors, dans des vêtements différents
de ceux des autres. Ma visiteuse avait chiffonné
ma lingerie sans la toucher, sans la soupçonner.
La chemise de nuit en mousseline de soie glissa
sur mes hanches avec la douceur d'une toile
d'araignée. Je me vêtis de ma chemise de pen-

sionnaire, je quittai mon box avec mes poignets serrés dans les poignets du trousseau réglementaire. La surveillante dormait, j'hésitai devant le rideau de percale. J'entrai.

— Quelle heure ? dis-je avec vivacité.

Je me retins à la portière, je braquai ma lampe du côté de la table de nuit.

— Venez, il y a de la place...

Je ne m'habituais pas à ses longs cheveux défaits, ceux d'une étrangère qui m'intimidait. Isabelle vérifiait l'heure.

— Vous ne venez pas ? dit-elle à sa montre-bracelet.

L'opulence des cheveux qui balayaient les barreaux à la tête du lit, son épaule, la table de nuit, le napperon, m'envoûtait. Cet écran qui miroitait, qui cachait un visage d'allongée dans une cellule de clinique me faisait peur. J'éteignis.

Isabelle se leva. Elle me débarrassa du livre, de la lampe.

— Venez maintenant, dit Isabelle.

Elle s'était recouchée.

De son lit, elle braquait ma lampe de poche dans ma direction.

J'avançais. Isabelle donnait des petites tapes à ses cheveux.

Je m'assis sur le bord du matelas. Elle tendit son bras par-dessus mon épaule, elle prit mon livre sur la table de nuit, elle me le donna, elle me rassura. Je le feuilletai parce qu'elle me dévisageait, je ne sus à quelle page m'arrêter. Elle attendait ce que j'attendais. Je m'accrochai à la majuscule de la première phrase.

— Onze heures, dit Isabelle.

Nous souhaitions le départ et la tombée des onze coups à l'horloge du collège.

Je contemplais à la première page des mots que je ne voyais pas. Elle reprit mon livre, elle éteignit.

Isabelle me tira en arrière, elle me coucha en travers de l'édredon, elle me souleva, elle me garda dans ses bras : elle me sortait d'un monde où je n'avais pas vécu pour me lancer dans un monde où je ne vivais pas encore ; les lèvres entr'ouvrirent les miennes, mouillèrent mes dents que je serrais. La langue trop charnue m'effraya : le sexe étrange n'entra pas. J'attendais absente et recueillie. Les lèvres se promenaient sur mes lèvres : des pétales m'époussetaient. Mon cœur battait trop haut et je voulais écouter ce scellé de douceur, ce frôlement neuf. Isabelle m'embrasse, me disais-je. Elle traçait un cercle autour de ma bouche, elle encerclait le trouble, elle mettait un baiser frais dans chaque coin, elle déposait deux notes piquées, elle revenait, elle hivernait. Mes yeux étaient gros d'étonnement sous mes paupières, la rumeur des coquillages trop vaste. Isabelle continua : nous descendions nœud après nœud dans une nuit au-delà de la nuit du collège, au-delà de la nuit de la ville, au-delà de la nuit du dépôt des tramways. Elle avait fait son miel sur mes lèvres, les sphinx s'étaient rendormis. J'ai su que j'avais été privée d'elle avant de la rencontrer. Elle écoutait ce qu'elle me donnait, elle embrassait de la buée sur une vitre. Isabelle renvoya sa chevelure sous laquelle nous avions eu un abri.

— Croyez-vous qu'elle dort ? dit Isabelle.

— La surveillante ?

— Elle dort, décida Isabelle.

— Elle dort, dis-je aussi.

— Vous frissonnez. Enlevez votre robe de chambre, venez.

Elle ouvrit les draps.

— Venez sans lumière, dit Isabelle.

Elle s'allongea contre la cloison, dans son lit, chez elle. J'enlevai mon peignoir, je me sentis trop neuve sur la carpette d'un vieux monde. Il fallait venir tout de suite près d'elle puisque le sol me fuyait. Je m'allongeai sur le bord du matelas ; prête à m'enfuir en voleur.

— Vous avez froid. Venez plus près, dit Isabelle.

Une dormeuse toussa, essaya de nous séparer.

Déjà elle me retenait, déjà j'étais retenue, déjà nous nous tourmentions, mais le pied jovial qui touchait le mien, la cheville qui se frottait à ma cheville nous rassuraient. Ma chemise de nuit m'effleurait pendant que nous nous étreignions et que nous tanguions. Nous avons cessé, nous avons retrouvé la mémoire du dortoir, nous avons écouté la nuit. Isabelle alluma : elle voulait voir mon visage. Je lui repris la lampe. Isabelle emportée par une vague glissa dans le lit, remonta, piqua du visage, me serra contre elle. Les roses se détachaient de la ceinture qu'elle me mettait. Je lui mis la même ceinture. Pourtant j'étais mièvre. Je n'osais pas.

— Il ne faut pas que le lit gémisse, dit-elle.

Je cherchai une place froide sur l'oreiller, comme si c'était là que le lit ne gémirait pas, je trouvai un oreiller de cheveux blonds. Isabelle me ramena sur elle.

Nous nous serrions encore, nous désirions nous faire engloutir. Nous nous étions dépouillées de notre famille, du monde, du temps, de la clarté. Je voulais que serrée sur mon cœur béant Isabelle y rentrât. L'amour est une invention épuisante. Isabelle, Thérèse, disais-je en pensée pour m'habituer à la simplicité magique des deux prénoms.

Elle emmitoufla mes épaules dans l'hermine d'un bras, elle mit ma main dans le sillon entre les seins, sur l'étoffe de sa chemise de nuit. Enchantement de ma main au-dessous de la sienne, de ma nuque, de mes épaules vêtues de son bras. Pourtant mon visage était seul : j'avais froid aux paupières. Isabelle l'a su. Pour me réchauffer partout, sa langue s'impatientait contre mes dents. Je m'enfermais, je me barricadais à l'intérieur de ma bouche. Elle attendait : c'est ainsi qu'elle m'apprit à m'ouvrir, à m'épanouir. La muse secrète de mon corps c'était elle. Sa langue, sa petite flamme, charmait mon sang, ma chair. Je répondis, je provoquai, je combattis, je me voulus plus violente qu'elle. Le claquement des lèvres, le chuintement de la salive ne nous concernaient plus. Nous nous acharnions, mais si, à l'unisson, nous redevenions lentes, méthodiques, le breuvage prenait de l'épaisseur. Nos lèvres après tant de salive échangée se désunirent malgré nous. Isabelle se laissa tomber au creux de mon épaule.

— Un train, dit-elle pour reprendre haleine.

On rampe dans mon ventre. J'ai peur : j'ai une pieuvre dans le ventre.

Isabelle dessinait avec son doigt simplifié sur mes lèvres la forme de ma bouche. Le doigt tomba de mes lèvres dans mon cou. Je le saisis, je le promenai sur mes cils :

— Ils sont à vous, lui dis-je.

Isabelle se tait. Isabelle ne remue pas. Si elle dort, c'est fini. Isabelle a retrouvé ses habitudes. Je n'ai plus confiance en elle. Il faut partir. Son box n'est plus le mien. Je ne peux pas me lever. Nous n'avons pas fini. J'ignore tout mais nous n'avons pas fini. Si elle dort, c'est un rapt. Isabelle me chasse pendant qu'elle dort. Faites qu'elle ne dorme pas, faites que la nuit n'engendre pas la nuit. Isabelle ne dort pas !

Elle souleva mon bras, elle se nourrit dans l'aisselle. Ma hanche pâlissait. J'avais un plaisir froid. Je ne m'habituais pas à tant recevoir. J'écoutais ce qu'elle prenait et ce qu'elle donnait, je clignotais par reconnaissance : j'allaitais. Isabelle se jeta ailleurs. Elle lissait mes cheveux, elle flattait la nuit dans mes cheveux et la nuit glissait le long de mes joues. Elle cessa, elle créa un entr'acte. Front contre front, nous écoutions le remous, nous nous en remettions au silence, nous nous soumettions à lui.

La caresse est au frisson ce que le crépuscule est à l'éclair. Isabelle entraînait un râteau de lumière de l'épaule jusqu'au poignet, elle passait avec le miroir à cinq doigts dans mon cou, sur ma nuque, dans mon dos. Je suivais la main, je voyais sous mes paupières une nuque, une épaule, un bras qui n'étaient pas ma nuque, mon épaule, mon bras. Elle violait mon oreille comme elle avait violé ma bouche avec sa bouche. L'artifice était cynique, la sensation singulière. Je me glaçai, je redoutai ce raffinement de bestialité. Isabelle me retrouva, elle me retint par les cheveux, elle recommença. Le glaçon de chair m'ahurit, la superbe d'Isabelle me rassura.

Elle se pencha hors du lit, elle ouvrit le tiroir de la table de nuit. Je saisis sa main :

— Un lacet ! Pourquoi un lacet de chaussure ?

— Je noue mes cheveux. Taisez-vous sinon nous nous ferons prendre.

Isabelle serrait le nœud, Isabelle se préparait.

Celle que j'attendais venait avec ses préparatifs. J'écoutais ce qui est énorme, ce qui est seul : le cœur. De ses lèvres tomba un petit œuf bleuté où elle m'avait laissée, où elle me reprenait. Elle ouvrit le col de ma chemise de nuit, elle vérifia avec son front, avec sa joue la courbe de mon épaule. J'acceptais les merveilles qu'elle imaginait sur la courbe de mon épaule. Elle me donnait une leçon d'humilité. Je m'effrayai. Je suis chair et sang, je suis vivante. Je ne suis pas une idole.

— Pas tant ! suppliai-je.

Elle ferma le col de ma chemise de nuit :

— Est-ce que je pèse ? dit-elle avec douceur.

— Ne partez pas…

Je voulais la serrer dans mes bras mais je n'osais pas. Les quarts d'heure s'envolaient de l'horloge, Isabelle dessinait avec son doigt un colimaçon sur la place pauvre que nous avons au-dessous du lobe de l'oreille. Elle me chatouilla malgré elle. C'était saugrenu.

— Plus fort, suppliai-je.

Elle mit ma tête dans ses mains comme si j'avais été décapitée, elle ficha sa langue dans ma bouche. Elle nous voulait osseuses, déchirantes. Nous nous déchiquetions à des aiguilles de pierre. Le baiser ralentit dans mes entrailles, il disparut, courant chaud dans la mer.

— Encore.

— Longtemps.

Nous avons fini de nous embrasser, nous nous sommes allongées et, phalange contre phalange, nous avons chargé nos osselets de ce que nous ne savions pas nous dire.

Isabelle toussa, nos doigts entrelacés se turent.

— Laissez-vous faire, dit-elle.

Elle embrassait les pointes du col, le galon rouge de ma chemise de nuit, elle façonnait la charité que nous avons autour de l'épaule. La main attentive traçait des lignes sur mes lignes, des courbes sur mes courbes. Je voyais sous mes paupières le halo de mon épaule ressuscitée, j'écoutais la lumière dans la caresse.

Je l'arrêtai.

— Laissez-moi continuer, dit Isabelle.

La voix traînait, la main s'enlisait dans les duvets. Je sentais la forme du cou, de l'épaule, du bras d'Isabelle le long de mon cou, autour de mon épaule, le long de mon bras.

Une fleur s'ouvrit dans chaque pore de ma peau. Je pris son bras, je remerciai avec un baiser violet à la saignée.

— Vous êtes gentille, vous êtes bonne, ai-je dit.

— Vous dites que je suis bonne !

— Qu'est-ce que je peux pour vous ?

La pauvreté de mon vocabulaire me découragea. Les mains d'Isabelle tremblaient, elles ajustaient un corselet de mousseline sur l'étoffe de ma chemise de nuit : les mains avaient les tremblements d'avidité des maniaques.

Elle se dressa dans le lit, elle força ma taille. Isabelle frottait sa joue à la mienne, elle racontait une histoire réconfortante avec sa joue. Elle abattit ses mains sur mon buste. Nous écoutions les miaulements d'une chatte dans la cour d'honneur.

Les doigts d'Isabelle s'ouvrirent, se refermèrent en bouton de pâquerette, sortirent les seins des limbes et des roseurs. Je naissais au printemps avec le babil du lilas sous ma peau.

— Venez, venez encore, dis-je.

Isabelle flatta ma hanche. Ma chair caressée

se faisait caresse, ma hanche que l'on flattait irradiait dans mes jambes droguées, dans mes chevilles molles. On me torturait menu, menu, dans mon ventre.

— Je ne peux plus.

Nous avons attendu, nous avons épié les ténèbres aux aguets.

Je la pris dans mes bras mais je ne la serrai pas à mon gré dans le lit étroit, mais je ne l'incrustai pas en moi. Une petite fille brusque se dégagea :

— Je veux, je veux.

Je voudrai ce qu'elle voudra si les pieuvres paresseuses me quittent, si dans mes membres cesse le glissement des étoiles filantes. J'attends un déluge de pierres.

— Revenez, revenez...

— Vous ne m'aidez pas, dit Isabelle.

La main avança sous l'étoffe. J'écoutais la fraîcheur de sa main, elle écoutait la chaleur de ma peau. Le doigt s'aventura où les fesses se touchent. Il entra dans la rainure, il en sortit. Isabelle caressa les deux fesses en même temps avec une main. Mes genoux, mes pieds pourrissaient.

— C'est trop. Je vous dis que c'est trop.

Isabelle indifférente flattait vite et longtemps.

On me tenaillait, on m'épiçait. Isabelle tomba sur moi.

— Êtes-vous bien ?

— Oui, dis-je, insatisfaite.

Elle glissa dans le lit, elle mit sa joue sur mon ventre, elle écouta son enfant puisque c'était là que mon cœur battait. Je tendis le bras, je retrouvai son visage, sa bouche, sa chevelure loin de la mienne, j'eus une misère tranquille dans le corps :

— Revenez. Je suis seule.

— ...

Le poids de la tête qui glissait dans mon aine m'effraya.

Elle revenait, elle me proposait un baiser avec ses lèvres sages sur les miennes.

Isabelle se faisait les griffes dans l'étoffe sur ma toison, elle entrait, elle sortait, quoique n'entrant pas et ne sortant pas ; elle berçait mon aine, ses doigts, l'étoffe, le temps.

— Vous êtes bien ?

— Oui Isabelle.

Ma politesse me déplut.

Isabelle persévéra autrement avec un doigt monotone sur une seule lèvre. Mon corps prenait la lumière du doigt comme le sable prend l'eau.

— Plus tard, dit-elle dans mon cou.

— Vous voulez que je parte maintenant ? Il faut que j'aille dans mon box ?

— Il le faut.

— Vous voulez que nous nous séparions ?

— Oui.

Il y a eu gros temps près de mon cœur :

— C'est trop tôt, voyons.

— Pensez à ce soir, pensez aux autres soirs. Vous n'êtes pas fatiguée mais tout à l'heure vous le serez, dit Isabelle.

Je me levai, je braquai ma lampe, je léchai mes

lèvres mais je ne retrouvai pas le sel des lèvres d'Isabelle.

Nous nous penchions sur sa montre, nous évitions de nous revoir.

— Faites attention quand vous traverserez l'allée.

— Je ne ferai pas attention.

Je partis.

Je vous retrouve, vous, objets abandonnés. Mon lit n'est plus mon lit. Vous me servirez, objets, sinon je vous broierai. J'ai un musée de reliques dans le box en face du mien. Elle a dit c'est assez. Maintenant est une nuit de barricades. Son odeur m'appartient. J'ai perdu son odeur. Rendez-moi son odeur : Dort-elle ? Oui elle dort dans la tombe qu'il y a dans son lit, elle jouit du néant sur l'oreiller. Elle me renvoie : elle m'a tout pris. Je ne peux pas me reposer sur ce qui n'existe plus. Je jette ma lampe, je ronge les barreaux de mon lit, je mords le savon, je mâche le dentifrice, je me griffe, je me punis.

J'allume, j'éteins, j'allume, j'éteins. Je lui signale jusque dans son sommeil que je veille, que je l'attends. J'allume, j'éteins, je veux tuer sa respiration. Je veux la revoir.

Je quittai mon box, je stationnai devant son rideau, j'espérai en la lumière orange entre mes doigts.

Son prénom, ma dévotion.

Les élèves et la surveillante se gavent d'ombre et d'absence. Moi je veille, moi je suis méfiante.

— Vous dormez ? chuchotai-je par besoin de superflu.

Des mots soutirés au silence et rendus aux ténèbres.

J'entrai dans son box, je m'approchai de la dépouille.

Isabelle aveugle et sourde-muette complote, voit un monde avec les yeux du sommeil. L'idée fixe du repos est derrière le front de la dormeuse. Je me penche en roi mage sur elle. Je la tente mais je n'ose pas l'éveiller. Un dormeur n'a jamais fini son devoir. J'éteins : le silence me serre aux tempes. J'allume : la dormeuse s'allonge sur le dos, elle fait au plafond l'offrande de son visage, elle s'installe sur l'oreiller en malade qui souffre jusque dans le sommeil, elle traîne avec elle sa patrie de dormeuse que nous ne connaîtrons pas. Je m'asseois au pied du lit, dans le mol édredon qui glisse, je la dévisage, je ne déchiffre pas. Je me touche la main pour la statue qui respire bien. Elle dort sans édredon Elle aura froid. Ce n'est donc pas une pierre sur un socle. Je m'approche. Je lui prends le parfum de jacinthe dans sa bouche de dormeuse, je la soulève, je la serre contre moi jusqu'au bonheur loufoque qui fait rire. Je ris. Isabelle s'éveille sur mes lèvres. Quel Noël... J'ai tant guetté ce lever de paupières, j'ai tant souhaité ma naissance dans ses yeux.

— Vous n'étiez pas partie ?

— Je suis revenue.

Il semble qu'elle médite. Non. Elle se repose,

elle prolonge sa cure d'oubli dans mes yeux. Elle parle :

— Vous étiez là à me veiller ?

— Quoi ? Dites vite.

— Rien. Demain...

— Nous sommes demain. Dites, dites.

— Rien.

Elle retombe sur l'oreiller. Isabelle rafraîchie s'en va de mes bras, de mes mains. La nonchalante se rendormira.

— Ne disparaissez pas !

Ma frayeur la distrait.

— Revenez dans ma bouche, dit-elle.

Elle remue enfin, elle le dit dans mes cheveux, près de l'oreille, et moi j'éteins pour le gouffre dans un baiser.

— Vous dormez quand je suis ici.

— Je dormais ?

— Pendant que vous dormiez nous étions séparées.

Isabelle m'écoute de toute son âme.

— J'étais malheureuse. Vous ne dormez pas en ce moment ?

— Il faut m'excuser. J'avais tellement sommeil. Et vous, vous n'avez pas dormi ?

— Non. J'attendais.

— Je vous promets que je ne dormirai pas quand vous serez ici.

— Oh vous le promettez, dis-je.

Je cachai mon visage dans mes bras.

— Vous pleurez ?

— Je ne pleure pas.

— Si vous pleurez nous nous ferons prendre, dit Isabelle.

— Nous nous ferons prendre. Et après ?

— Vous ne pensez pas à demain soir ?

— Sauvons-nous. Demain nous serons libres.

— Parlez plus bas, dit-elle.

— Vous ne voulez pas. Pourquoi ?

— Parce que c'est impossible.

— Je m'en vais pour de bon, dis-je.

Je suis repartie.

Isabelle me suivit dans l'allée :

— Vous croyez que nous pourrons nous serrer entre deux gendarmes !

Elle me ramena dans sa cellule, elle m'enlaça avec de nouveaux bras pendant que je feignais de lui résister. C'était la première fois que, debout, elle me serrait contre elle.

Nous écoutions le tourbillon de l'astre dans nos entrailles, nous suivions les moulinets de ténèbres dans le dortoir.

Je ramenai Isabelle d'une plage éventée en hiver, j'ouvris les draps, je la guidai :

— Il est tard. Dormez. Tout à l'heure j'avais tort : il faut que vous dormiez.

— Mais non.

— Vous bâillez.

— Venez plus près. Je veux vous voir.

La lumière de la lampe de poche lui blessait les yeux. Le masque flasque couvrirait bientôt son visage.

— Ne dormez pas...

— Je vous le promets.

J'attends, je la regarde. J'attends : l'araignée tisse dans mes entrailles, l'araignée me happera le sexe si je ne demande pas... Qu'y a-t-il à demander ?

Elle se demande combien de temps je tiendrai avec la drogue qu'elle me met dans les yeux. Notre complicité ricoche, fait des ondes pendant que mon juge silencieux juge caresses et baisers dans l'avenir. Je la regarde comme je regarde la mer le soir quand je ne la vois plus.

— Il faut partir, dit Isabelle.

Nous nous levions à six heures et demie. Les surveillantes faisaient glisser les anneaux sur les tringles, elles entraient dans les cellules pour voir si nous étions debout. Nous défaisions notre lit, nous nous lavions à l'eau froide pendant que le matelas refroidissait, nous refaisions le lit quand nous étions habillées. À sept heures moins le quart, l'élève de corvée ouvrait le placard, sortait le balai et le ramasse-poussière, faisait le ménage dans sa cellule, déposait le balai devant le box de sa voisine. À sept heures vingt-cinq la sur-veillante inspectait les démêloirs, à sept heures vingt-cinq nous fignolions nos mains, nos ongles, à sept heures vingt-cinq la cloche sonnait : nous nous rangions dans l'allée, nous descendions deux par deux l'escalier. À sept heures trente nous nous chaussions dans la cordonnerie, à sept heures trente-cinq nous nous dispersions dans le hall et nous nous regroupions selon nos préférences. À sept heures quarante le concierge sonnait un coup. Les élèves se rangeaient dans le hall. Nous avancions jusqu'au réfectoire, nous prenions les pots de grès dans les casiers, nous beurrions des tartines symétriques. À huit heures moins dix la directrice entrait. Nous lâchions le pain beurré, nous nous mettions au garde-à-vous. À huit heures la surveillante générale claquait des mains. Nous nous levions de table, nous remettions le pot de grès dans notre casier, nous poussions notre chaise contre la table, nous jetions nos miettes dans notre bol, nous nous rangions deux par deux dans l'allée. Des filles s'envolaient vers leur violon, leurs méthodes, leur piano. Nous faisions quelques tours dans la cour, nous nous rangions encore pour monter à la salle d'étude, nous prenions nos livres dans notre casier, nous étudiions jusqu'à huit heures et demie.

J'ai fait une entrée solennelle au réfectoire le lundi matin avec Isabelle à ma droite : nous avancions dans la grande allée d'un salon de photographe le jour du mariage. J'ai contourné des corbeilles de fleurs blanches, je me suis assise. En fait elle ne me suivait pas. Mon mariage finit dans un bruit de bavardages, dans la saveur inquiétante du faux café au lait sacchariné. J'avais été arrachée d'elle, j'avais mal au côté. Elle tourna le dos à l'allée, elle reçut les rayons d'un soleil pâli par les vitraux. Je regardai le vase sur la table, je le désirai comme rempart.

— Je veux que vous me regardiez quand je vous regarde, dit-elle dans mon dos.

Elle souleva la corbeille à pain, elle la posa à la même place ; elle repartit nonchalante, ses mains évasant sa ceinture autour de sa taille fine.

Elle beurrait des tartines, elle les collait l'une sur l'autre, elle les entr'ouvrait, elle les regardait, elle ne mangeait pas. Elle s'accouda, elle tourna la tête du côté d'une élève qui lui parlait.

Je connais le secret de sa lourde torsade, je connais les deux grandes épingles d'écaille sur sa table de nuit. Je vous regarde, je vous regarde lui crient mes yeux. Le fouet de ses longs cheveux défaits la nuit dernière me fouette nuageusement les entrailles. De quoi suis-je coupable ? me demande son regard enjôleur. Je ne peux pas lui dire que son bras à distance sent le muguet ; sa chevelure torsadée, la fournée à midi dans les paniers des boulangers ; sa joue, le sureau après l'averse ; mes lèvres, le sel des marais de Noirmoutiers ; sa gorge, le parfum ténébreux du cassis.

Isabelle entre mes cils plia sa serviette, envoya son bol au diable. Je demandai à l'élève si elle voulait bien que je fisse le service pour elle. Je rassemblai la vaisselle, je mangeai les miettes de pain d'Isabelle au fond du bol et, dans l'inattention générale, je me nourris du dépôt.

La chaise glissa en arrière, Isabelle s'affola sur la table, la surveillante générale accourut. Des élèves se levaient, entouraient Isabelle. Je n'avais pas le droit de m'approcher : je n'étais plus innocente.

La surveillante lui caressait les cheveux, elle

lui parlait à l'oreille devant les élèves penaudes. Je me crus répudiée. Qu'y a-t-il ? fredonnait la surveillante aux cheveux roux. Deux élèves agenouillées lui caressaient la main, touchaient son sein, s'approchaient de son cœur.

Qu'elle meure puisque le collège la palpe !

— Est-ce que le citron blanchit les mains ? dis-je à ma voisine de table.

Je dis ce que je ne pense pas. Qu'elle ne meure pas. Elle ne mourra pas. Nous sommes deux immortelles. Quel affront, si elle mourait.

— Isabelle est souffrante, dis-je.

— Du chiqué, dit l'élève.

— Isabelle est souffrante. Tais-toi.

Je couperai leurs mains minaudières autour de ses épaules. Je les couperai.

Isabelle leva la tête. Elle dit :

— Je ne sais pas ce que j'ai eu.

La surveillante, les élèves s'éloignèrent. Je m'approchai d'elle :

— Qu'est-ce que vous avez eu ?

— Besoin de vous.

Les élèves se levèrent et se rangèrent. Isabelle frôla mon épaule avec son doigt. Le frôlement signifiait : je trahirai si vous trahissez, je trébucherai si vous trébuchez, je me consumerai si vous vous consumez.

Je me rangeai à côté d'elle : mon coude s'emboîta dans sa main. Elle esquissa une caresse, les élèves se dispersèrent. Nous marchions encore au pas, nous voulions que l'espace et les distances solennelles nous séparassent. Oui, nous nous voulions cérémonieuses dans la cour de récréation. Elle s'éloigna.

Isabelle semait des présences en s'éloignant, le chant de l'oiseau dans notre cour sans arbres était une trouée de fraîcheur au début de la journée, le chant suggérait les clairières à la sortie des villes, Isabelle s'éloignait. Je me voulais pierre, une pierre dont les yeux sont des trous. Je crus me défaire d'elle avec mon regard au ciel, j'épiai le changement du monstre allongé sur le ciel : un effilochement, la forme d'un skieur dessinée avec un crayon de neige sur du bleu. Une forme que je n'avais pas vue naître. Le monstre périt pendant que je l'observais, l'oiseau se tut, Isabelle disparut, le ciel altéré à l'endroit du nuage ressembla au fond uniforme d'un tableau. Des fillettes donnaient des coups de pied dans la poussière. Le chant de l'oiseau recommença, il finit en mol bouquet de feu d'artifice, des élèves prirent Isabelle par le cou, l'entraînèrent. Je maudissais sa légèreté, je maudissais ma gravité. Elle se dispersait dans un groupe, dans une cour criarde. D'une morte ambulante j'apercevais encore la torsade de cheveux.

J'errais à l'écart autour des cabinets. J'entrai. Il flottait une odeur intermédiaire entre l'odeur chimique d'une fabrique de bonbons et celle du désinfectant des collèges. Je ne détestais plus l'haleine de la désinfection générale qui nous prenait à la gorge les soirs de rentrée. L'odeur était le rideau de fond avant notre rencontre. Les cris des enfants fous reculaient. Du siège en bois clair souvent savonné montait une vapeur : la vapeur de tendresse d'une masse de cheveux de lin. Je me penchai sur la cuvette. L'eau dormante reflétait mon visage antérieur à la création de la terre. Je touchai la poignée, la chaîne, j'enlevai ma main. La chaîne se balança à côté de l'eau triste. On m'appela. Je n'osais pas mettre le crochet pour m'enfermer.

— Ouvrez, supplia la voix.

Quelqu'un malmenait les portes.

Je vis l'œil qui bouchait la découpe dans la porte du cabinet.

— Mon amour.

Isabelle arrivait du pays des rafales, des bouleversements, des sinistres, des ravages. Elle me lançait un mot libéré, un programme, elle m'envoyait l'haleine de la mer du Nord. J'eus la force de me taire et celle de me rengorger.

Elle m'attend mais ce n'est pas la sécurité. Le mot qu'elle a dit est trop fort. Nous nous regardons, nous sommes paralysées.

Je me jetai dans ses bras.

Ses lèvres cherchaient des Thérèse dans mes cheveux, dans mon cou, dans les plis de mon tablier, entre mes doigts, sur mon épaule. Que ne puis-je me reproduire mille fois et lui donner mille Thérèse. Je ne suis que moi-même. C'est trop peu. Je ne suis pas une forêt. Un brin de paille dans mes cheveux, un confetti dans les plis de mon tablier, une coccinelle entre mes doigts, un duvet dans mon cou, une cicatrice à la joue m'étofferaient. Pourquoi ne suis-je pas la chevelure du saule pour sa main qui caresse mes cheveux ?

J'ai encadré son visage :

— Mon amour.

Je la contemplais, je me souvenais d'elle au présent, je l'avais près de moi de dernier instant en dernier instant. Quand on aime on est toujours sur le quai d'une gare.

— Vous êtes ici, vous êtes vraiment ici ?

Je lui posais des questions, je n'exigeais que du silence. Nous psalmodiions, nous nous plaignions, nous nous révélions des comédiennes innées. Nous nous serrions jusqu'à l'étouffement. Nos mains tremblaient, nos yeux se fermaient. Nous cessions, nous recommencions. Nos bras retombaient, notre pauvreté nous émerveillait. Je modelais son épaule, je voulais pour elle des caresses campagnardes, je désirais sous ma main une épaule houleuse, une écorce. Elle fermait mon poing, elle lissait un galet. La tendresse m'aveuglait. Front contre front nous nous disions durement non. Nous nous serrions pour la dernière fois après une dernière fois, nous réunissions deux troncs d'arbre en un seul, nous étions les premiers et les derniers amants comme nous sommes les premiers et les derniers mortels quand nous découvrons la mort. Les cris, les rugissements, le bruit des conversations dans la cour venaient par vagues.

— Plus fort, plus fort... Serrez à m'étouffer, dit-elle.

Je la serrais mais je ne supprimais pas les cris, la cour, le boulevard et ses platanes.

Elle se dégagea, elle recula, elle revint, elle me changea en brassée de fleurs, elle me renversa, elle dit :

— Comme cela, c'est comme cela...

Sa force m'attristait.

— Moi je veux vous serrer.

— Vous ne savez pas, dit-elle.

Isabelle mélancolique me considérait.

Je la projetai contre la porte des cabinets, je chancelai contre la cuvette. Elle s'arcbouta à la porte, le crochet tomba à ses pieds. Déjà elle réparait mon mauvais travail.

— Revenez, dit-elle.

Elle penchait la tête sur l'épaule, elle roucoulait sur le côté.

— Ne bougez pas. Je vous vois, dis-je perdue en elle.

Je creusais dans son cou avec mes dents, j'aspirais la nuit sous le col de sa robe : les racines d'un arbre frissonnèrent. Je la serre, j'étouffe l'arbre, je la serre, j'étouffe les voix, je la serre, je supprime la lumière.

— C'est vrai ?

— C'est vrai, dit Isabelle.

Nous avons regardé le cœur bleu du ciel dans la découpe de la porte, nous avons vu que le ciel de huit heures du matin couvait la terre.

Isabelle me signifia que nous ne nous regardions pas avec assez d'intensité. L'amour est surmenage. Nos regards déraillaient, perdaient la piste, se retrouvaient. J'ai suivi le cri d'une élève dans les yeux d'Isabelle :

— Je voudrais vous manger.

Je l'ai poussée contre le mur, j'ai cloué ses mains avec la paume de mes mains. Mes cils battaient dans les cils d'Isabelle.

— C'est inouï, soupirait-elle.

Mes sourcils caressaient les sourcils d'Isabelle.

— C'est inouï ce que je vous vois, dit-elle.

Nous parlons. C'est dommage. Ce qui a été dit a été assassiné. Nos paroles qui ne grandiront pas et qui n'embelliront pas se faneront à l'intérieur de nos os.

J'ai plongé dans ses yeux, j'ai reçu de l'eau claire.

— Je vous...

Les paroles flétriront les sentiments.

J'ai mis ma main sur sa bouche. Isabelle voulait me le dire.

— Je vous...

Je l'étouffais pendant qu'elle voulait avouer. J'ôtai ma main de sa bouche : ses bras sont tombés.

— Ne craignez rien. Je ne vous le dirai pas.

Elle eut un regard triste pour le ciel dans la découpe de la porte. Je l'avais blessée. Nous étions portées par la tempête des cris.

— Vous ne comprenez pas ?

— Je ne comprends pas, dit Isabelle.

— Ce que vous vouliez me dire... vous me le direz plus tard. Plus tard.

Elle enleva mes mains de sa taille. Le ciel

changeait dans la découpe : le beau ciel de cel-
luloïd nous déprimait.

— C'est trop bête. Tout à l'heure nous nous
entendions.

— Maintenant nous ne nous entendons plus,
dit Isabelle.

Son double sage aux yeux fermés parlait pour
elle. Je reculai d'un pas, j'eus une douce sil-
houette d'Isabelle. Elle se reprenait dans un
rêve refroidissant, les cris de la cour nous trans-
perçaient.

— Vous boudez ?

— Je ne boude pas.

— Parlez.

— Non.

La statue entrera dans le mur, elle sera absor-
bée par le mur des cabinets.

— Vous me quittez ?

— Moi aussi j'attends, dit-elle.

Plénitude ronde du « non » dit à voix basse,
beauté serrée de la boule de neige au mois de
mai que je négligerai quand je commencerai de
mourir loin des jardins.

Je vis en fraude la couleur bitumineuse de l'eau
dormante.

Isabelle leva un bras, elle tira l'épingle d'écaille
de sa torsade de cheveux mais elle ne l'enleva pas.
Son geste inachevé m'exaltait. Isabelle n'ouvrait
pas les yeux. Le bras retomba, vaincu par les
cabinets léthargiques.

Je l'ai serrée dans mes bras, de toutes mes
forces de repentie, je l'ai respirée, je l'ai appuyée

sur mon ventre et j'ai eu d'elle un pagne, j'ai titubé avec mon incrustée.

Isabelle grisait mes chevilles, mes genoux pourris de délices. J'étais fondue de chaleur comme un fruit, j'avais le même écoulement de liqueur. Des tenailles me torturaient mollement. Son épingle à cheveu tomba dans la cuvette, nous perdîmes l'équilibre. Je plongeai ma main dans l'eau, je remis l'épingle dans ses cheveux.

— Je veux cette main, dit-elle.

En me choyant elle me glaçait. J'étais séparée de ma main que je ne reconnaissais pas. Je lui repris ma main, je séchai avec mes lèvres ses lèvres mouillées, j'enfonçai ma langue dans sa bouche. Isabelle joignit les mains : elle créait un reposoir pour mon menton.

— Ma femme.

— Oui, lui répondit mon cœur de rose.

Elle me dit de lui tourner le dos, elle m'entoura avec un bras, elle m'attira, elle se creusa. J'avais honte de lui tourner le dos. Je lui montrais une masse maussade que je ne pouvais pas affiner. Le sang me monta aux joues, dans la gorge, pendant que je froissais sa toison et que je chiffonnais son tablier. Sa main déréglait ma respiration. Je sanglotais sans voix, sans larmes. Isabelle sanglotait aussi, appuyait sa main sur mon tablier : mes vêtements me touchaient. Un cri venu de la cour traversa mon ventre, mon cœur se mit à battre là-bas à la place du cri. Une élève étudiait son piano : son jeu parlé me rappelait l'égrainement de fraîcheur d'un jet d'eau dans un jardin public. Ma respiration redevint régulière.

— Quelle heure ? dis-je.

— La récréation est prolongée. Il n'y aura pas étude.

— Je sais. L'heure ?

Je me dégageai. Elle fit une moue de dédain.

— Moi, le collège peut brûler.

— Moi de même. Il peut.

— Si je me fiche d'être renvoyée je ne me fiche pas d'être séparée de vous. Vous ne comprenez pas ?

— Séparées, nous le serons, dis-je.

Isabelle se jeta sur moi. Elle tordait mes poignets :

— Séparées, nous ? Vous êtes folle. En tout cas pas avant les grandes vacances.

— Vous verrez. Ma mère, Isabelle, ma mère...
Je m'étranglai.

— Quoi votre mère ?

— Il faut que je sois toujours près d'elle...

— On ne nous séparera pas, dit Isabelle.

Nos lèvres se sont réconciliées, notre baiser de plaisance a duré.

On secouait notre porte, on entrait dans le cabinet à côté du nôtre : on ne nous dérangeait pas. Le piétinement sur le ciment nous révélait que la petite fille avait attendu le dernier moment. Elle soulevait son tablier, sa jupe, ses dessous. Je fermai les yeux, j'effaçai le sexe chauve de l'enfant que je ne connaissais pas. Mes chairs en lambeaux tombaient sur des dentelles.

J'ouvris les yeux, je vis dans les yeux d'Isabelle que je l'avais trompée avec du linge blanc. L'enfant se soulageait mais nous nous avions honte de l'écoulement monotone dans la cuvette. Je devinais que ce serait un souvenir. Elle sauta du siège, elle retomba sur ses pieds, elle ferma la porte avec soin.

— Parlez Thérèse.

— ...

Je ne t'offrirai pas les fadaises que tu me demandes. Tais-toi. Serre-moi. Tu es un village de cinq cents âmes, je suis un village de cinq cents âmes. Serre, serre.

— Oh, dis-je dans la découpe de la porte, les élèves sont rentrées. Toutes les élèves...

— Complètement égal. Je dirai que j'étais souffrante et vous, vous trouverez quelque chose.

— Qu'est-ce que je trouverai ?

— Un mensonge, dit Isabelle.

— Vous n'étiez pas souffrante au réfectoire ? Je veux savoir.

— Je vous l'ai dit.

Sa mèche de cheveux sera toujours une balafre de folie au-dessus de l'œil.

Isabelle m'embrassait partout. Elle me couvrait de décorations : je l'accablais de médailles. Le printemps dans sa toison fraternisait avec le printemps dans ma toison.

— Je ne peux plus.

— Je ne peux plus.

Nous défaillons, nous émoussons les sexes cachés sous la toison. La tête d'Isabelle tombe sur mon épaule. J'ai un faucon sur l'épaule, je suis le Grand Fauconnier.

— Assez, dit-elle.

— Vous me le disiez la nuit dernière.

— Il faut que nous nous séparions. Je m'en irai la première.

Quand j'aurai mis trois baisers fleurons sur la ceinture de son tablier.

— Gardez-la. Ce sera un lien jusqu'à ce soir, dit Isabelle.

Elle tendit son bras, elle dégrafa pour moi sa montre-bracelet.

Une mouche s'envole, c'est un départ. Je vois Isabelle qui s'éloigne de la découpe en forme de cœur. La poussière de la cour a ses pieds, les épingles d'écaille ont ses cheveux, l'air a ses poumons que je ne verrai pas, que je n'aurai pas contre mon souffle.

Le concierge sonnait la première heure des cours, des externes couraient dans la cour d'honneur, des internes claquaient la porte de leur casier, une enfant apportait des fleurs à sa maîtresse, la nouvelle surveillante m'interrogeait dans un couloir, croyait que j'avais étudié des gammes dans la salle de solfège, me faisait répéter le même mensonge, ajustait ses gants de fil, appuyait sa boîte de papier à lettres contre son cœur, partait pour la ville, les bureaux de poste, les bancs des jardins publics. Le bras du concierge qui montait, qui descendait, qui sonnait la rentrée, nous pompait l'air. Où étiez-vous ? me dit aussi une élève. Je dis adieu à la surveillante, à une compagne — j'avais fait ma vie —, je me sauvai du côté de la salle d'étude. Quand je m'ennuyais — je m'ennuyais souvent puisque je ne travaillais pas —, j'ouvrais la porte de mon casier, je regardais les étiquettes sur les livres fermés, je croyais que mes livres paresseux dormaient debout comme leur propriétaire. J'avais écrit les noms des auteurs sur les étiquettes. Je croisais les bras, j'écoutais longtemps et finalement j'entendais la rumeur des tragédies antiques.

— Du muguet !

Le bouquet composé de quelques brins était couché sur ma trousse de cuir. Je voyais un crucifix vert et blanc, en feuilles et en fleurs, allongé sur ma trousse. Le don me durcissait : j'étais trop heureuse. Je refermai la porte de mon casier, je me séquestrai en moi-même, je revins au casier. Le bouquet ne s'était pas envolé. Elle m'avait offert des fleurs de roman, elle avait déposé des feuilles en fer de lance et du portebonheur comme on dépose pour l'abandonner un enfant dans un panier. Je m'enfuis au dortoir avec mon trésor.

Je marchais sur les flots, j'avançais avec des précautions pour mes pieds de cristal, pour le muguet dans mon poing. J'entrai dans le box d'Isabelle, je séchai pour elle le cours de la première heure. Sa cellule était délivrée comme la chambre de ma grand'mère le fut le jour de l'enlèvement du cercueil.

50

Je veux Isabelle. Qu'elle revienne puisque les croque-morts ne me l'ont pas prise. Je l'attends entre les quatre bornes du corbillard, je respire l'odeur de son couvre-lit, je l'attends avec une pleureuse dans le ventre. La directrice inspectera les cellules, me trouvera sur le lit d'Isabelle, me renverra. Nous serons séparées. Je ne peux pas quitter son lit. Je suis coincée. Que feronsnous la nuit prochaine ?

J'inventai une histoire de malaises, je mentis au professeur, aux élèves, je me faufilai dans la classe, dans le cours, j'inventai plus qu'il ne fallait. Je pensais à Isabelle, je me tourmentais derrière ma pile de livres.

Ma mère a cédé mais elle a cédé avec mauvaise grâce. Ma mère l'a dit et redit, ma mère me reprendra avant les vacances si je lui manque, si elle s'ennuie. Si elle n'était pas mariée, c'est moi qui la supplierais : tout, tout ce que tu voudras mais pas vivre loin de toi dans un collège. Maintenant c'est le contraire. Elle est mariée. Nous sommes divisées. Jusques à quand serons-nous divisées ? Fini le temps où je grattais la terre pour elle, où je me glissais dans les barbelés. Je volais des pommes de terre pour nous, dans les champs. Elle m'a repris l'usine, la musette, la gamelle aussi. Elle a vendu nos lapins au rabais — quelle pitié — huit jours avant son mariage. C'était la faillite de mes prairies. Je lui disais que j'étais son fiancé. Elle soupirait. J'ignorais ce qu'était un air excédé. Elle s'est mariée sans se fiancer. Je frottais les trois marches mais elle voulait un commerçant. Je ne serai pas son homme de journée, je ne serai pas l'usinier qui lui apportera de l'argent. Elle a vendu au chiffonnier le tiroir de cendres que je vidais dans le poulailler pendant que les premières gouttes de café tombaient dans notre cafetière, imitaient de gentils claquements de langue. Où sont nos épingles à linge, notre boule de bleu ? Elle a tout jeté. Mademoiselle se mariait. Elle a tout liquidé. Elle a ce qu'il lui faut. C'est une femme mariée. Je suis devenue une pensionnaire de collège : je n'ai pas de maison. Un homme nous a séparées. Le sien. Ta mère serait si contente si tu ne m'appelais pas « Monsieur »... Je l'appellerai toujours « Monsieur ». Encore un peu de pain Monsieur. Non Monsieur, je n'aime pas la viande saignante. Appelle-le « père » me dit-elle après les repas. Jamais. Je préfère la table du réfectoire sur laquelle nous avons le pain en commun. Nous plongeons nos mains dans la corbeille, nous ne disons pas non merci, oui merci. Je me traînais à ses pieds : ne te marie pas, ne te marie pas... Nous aurions fait de grandes choses ensemble : nous nous serions suffi. J'avais chaud dans son lit. Elle m'appelait son petit gueux, elle me disait : niche-toi dans mon bras. Elle a un lit Borelly et elle ne me donne plus le bras. Monsieur est entre nous. Elle veut une fille et un mari. J'ai une mère exigeante. Je suis bouclée dans un collège, je ne marche plus derrière eux pendant la promenade du soir, je ne couche plus dans la chambre contiguë à la leur. Elle veut que je l'entoure, elle veut que je me consacre à elle dès qu'il s'en va. Sur terre il n'y a que toi, sur terre je n'aime que toi me dit-elle, mais elle a quelqu'un. J'ai rencontré Isabelle, j'ai quelqu'un. Je suis à Isabelle, je n'appartiens plus à ma mère.

Une élève au tableau traçait des lignes, biffait des triangles, écrivait les premières lettres de l'alphabet à côté des angles. Je m'évadai de la géométrie.

Que ferons-nous la nuit prochaine ? Isabelle le sait. Demain, dans cette classe, devant ce pupitre, je saurai ce que nous aurons fait. Je fixe petit b. Je vais me souvenir vite de ce que nous avons fait la nuit dernière. De tout ce que nous avons fait avant qu'elle prenne le chiffon, avant qu'elle efface petit b. Je ne peux pas me souvenir dans le détail. Nous n'avons rien fait. Je suis injuste. Elle m'a embrassée, elle est venue. Oui, elle est venue. Quel monde... Elle est venue sur moi. Je me jette aux pieds d'Isabelle. Je ne me souviens presque pas de ce que nous avons fait et je ne pense qu'à cela. Que ferons-nous la nuit prochaine ? Une autre élève efface le triangle, petit a, petit b, petit c.

La fièvre montait à quatre heures. Les élèves déchaînées se lançaient dans les couloirs avec le pain mollet entre les dents.

J'arriverai sur la pointe des pieds, dans la salle d'étude, j'abattrai ma main sur son épaule, je la surprendrai, je la cravacherai avec ma question. Qu'est-ce que nous ferons la nuit prochaine ?

Je suis arrivée mais je ne suis pas entrée. On travaille, on officie. J'entends le bourdonnement de leurs efforts à travers la porte vitrée, j'attends le moment unique pour apparaître, mimer l'insouciance. Je ne vois pas Isabelle en étude surveillée. J'entrerai en envahisseur. J'entrai en coupable.

— Moins fort, dit une élève sans lever la tête.

C'était plus strict que dans une église. Isabelle étudiait à la première table près de l'estrade. Je m'installai à ma place, j'ouvris un livre pour lui ressembler, je guettai, je comptai un deux trois quatre cinq six sept huit. Je ne peux pas l'aborder, je ne peux pas la distraire. Une élève vint sans hésiter à la table d'Isabelle, elle lui montra une copie. Elles conversaient, elles discutaient. Isabelle vivait comme elle avait vécu avant de m'entraîner dans son box. Isabelle me décevait, Isabelle me fascinait, Isabelle m'affamait.

Je ne peux pas lire. La question est dans chaque méandre du livre de géographie. Où pourrais-je user le temps ? Elle se tourne de profil, elle s'expose, elle ignore que je la reçois, elle se tourne de mon côté, elle ne saura jamais ce qu'elle m'a donné. Elle parle, elle est loin, elle travaille, elle discute : un poulain gambade dans sa tête. Je ne lui ressemble pas. J'irai vers elle, je m'imposerai entre l'élève et Isabelle. Elle bâille — qu'elle est humaine —, elle enlève l'épingle de sa torsade de cheveux, elle la remet avec le même geste, son geste dans les cabinets. Elle sait ce qu'elle fera la nuit prochaine mais cela ne la préoccupe pas.

Isabelle se pencha quand l'élève quitta la salle d'étude. Isabelle m'avait reconnue.

J'avançais dans l'allée, à l'étroit entre les murs de ma joie.

— Mon amour. Vous étiez là ? dit-elle.

J'eus du vide dans la tête.

— Amenez vos livres. Nous travaillerons ensemble. On étouffe ici.

J'ouvris la fenêtre et, par héroïsme, je regardai dans la cour.

— Vous n'amenez pas vos livres ?

— C'est impossible.

— Pourquoi ?

— Je ne pourrai pas travailler près de vous. C'est si fort...

Quand elle me revoit et que son visage est altéré, c'est authentique. Quand elle ne me voit pas et que son visage n'est pas altéré c'est authentique aussi.

— Vous voulez bien de moi ? dis-je.

— Asseyez-vous.

— Je ne peux pas.

— Mon petit.

— Ne m'appelez pas mon petit. J'ai peur.

— Asseyez-vous, parlons.

— Je ne peux plus parler.

Je m'assis près d'elle, je sanglotai d'un sanglot de tête.

— Qu'y a-t-il ?

— Je ne peux pas l'expliquer.

Elle prit ma main sous le pupitre.

— Isabelle, Isabelle… Que ferons-nous pendant la récréation ?

— Nous parlerons.

— Je ne veux pas parler.

Je lui repris ma main.

— Dites ce que vous avez, insista Isabelle.

— Vous ne comprenez pas ?

— Nous nous retrouverons. Je vous le promets.

Vers sept heures du soir, des élèves m'entourèrent, proposèrent une promenade, des bavardages. Je bégayai, je me séparai d'elles sans l'avouer. Je n'étais pas libre et j'avais changé d'âge. Je me pétrifiai : Isabelle rangeait ses livres, Isabelle était proche. Les fantômes et leurs offres s'en allèrent à une autre table. Une grande élève debout, seule devant la fenêtre ouverte, brodait un mouchoir, le dos tourné au ciel. Elle leva les yeux, elle me regarda sans me voir, elle continua de broder. Je me retins à mon pupitre. Isabelle rangeait ses livres pourtant la brodeuse c'était elle.

Ma peau de pêche : la lumière de sept heures du soir dans la cour de récréation. Mon cerfeuil : la dentelle arachnéenne dans l'air. Mes coffrets religieux : les feuillages des arbres avec les reposoirs de la brise. Qu'est-ce que nous ferons la nuit ? Le soir se risque dans le jour, le soir m'apparaît dans un costume François Ier. Le temps me caresse mais je ne sais pas ce que nous ferons la nuit prochaine. J'entends les bruits, j'entends les voix de sept heures du soir qui flattent l'horizon pensif. C'est le gant de l'infini qui m'empoigne.

— Qu'est-ce que vous regardiez Thérèse ?

— Là-bas... Les géraniums...

— Quoi encore ?

— Le boulevard, la fenêtre c'était vous.

— Donnez votre bras. Vous ne voulez pas ?

Le soir venait sur nous avec son manteau de velours qui s'arrêtait aux genoux.

— Je ne peux pas vous donner le bras. Nous nous ferons remarquer, nous nous ferons prendre.

— Vous avez honte ? dit Isabelle.

— Honte de quoi ? Vous ne comprenez pas ? Je suis prudente.

Des élèves groupées nous épiaient. Isabelle me prit le bras :

— Imaginez que vous seriez renvoyée. Ce serait...

Je ne pouvais pas achever, je ne pouvais pas me voir morte.

Je repris :

— Vous êtes la meilleure élève du collège. Vous ne seriez pas renvoyée. Imaginez que moi je le sois.

— Ce serait terrible, dit Isabelle.

Je frissonnai.

— Courons ! dit-elle.

Les élèves par groupes contre les murs attendaient la cloche du dîner et nous offraient la cour.

La cour fut à nous. Nous courions en nous

tenant par la taille, nous déchirions avec notre front cette dentelle dans l'air, nous entendions le clapotis de notre cœur dans la poussière. Des petits chevaux blancs chevauchaient dans nos seins. Les élèves, les surveillantes riaient et claquaient des mains : elles nous encourageaient quand nous ralentissions.

— Plus vite, plus vite. Fermez les yeux. Je conduis, dit Isabelle.

Nous avions un mur à longer. Nous serions seules.

— Vous ne courez pas assez vite. Oui, oui... Fermez les yeux, fermez les yeux.

J'obéis.

Ses lèvres frôlèrent mes lèvres.

— J'ai peur de me tuer en tombant, dis-je.

J'ouvris les yeux : nous vivions.

— Peur ? Je vous guide, dit-elle.

— Courons encore si vous voulez.

J'étais exténuée.

— Ma femme, mon enfant, dit-elle.

Elle donnait et elle retenait les mots. Elle pouvait les serrer contre elle en me serrant. Je dépliai à moitié les doigts autour de sa taille, je comptai : mon amour, ma femme, mon enfant. J'avais trois bagues de fiançailles aux trois doigts de la main.

Une élève sonnait la cloche du dîner.

— Sonne longtemps, lui cria Isabelle.

Le sonneur noyé dans la sonorité riait.

— Encore un tour, supplia Isabelle. Il faut que je vous parle, il faut que je vous le dise.

— Me parler ?

Je croyais qu'il n'y aurait pas de nuit prochaine. Nous courions mais j'étais transie. Je pris les devants :

— Je ne viendrai pas ?

La cloche sonnait à toute volée.

— Vous viendrez cette nuit, dit Isabelle.

Il me semblait que le sonneur sonnait autrement et que notre mariage commençait à la sortie d'une église, quand celui des autres a été béni.

— Plus fort, plus fort, cria Isabelle au sonneur.

— Assez, assez ! hurla la surveillante de récréation. L'élève rattacha la chaîne au clou.

Nous avons marché au pas, nous avons traversé l'essaim de sonorités. Nous étions sévères, entravées, nous étions un couple officiel sans passé, sans avenir, nous avions une couronne de fer forgé sur la tête, une chaîne d'huissier sur la poitrine, notre majesté nous venait du poids de nos parures, nous allions avec nos poignets serrés dans le même uniforme.

La cloche d'un couvent résonna dans un autre monde.

Nous nous mettions dans les rangs.

— Parlez encore.

— Non puisque c'est fini, dit Isabelle.

Les sons de la cloche s'étiolaient : le couvent se noyait dans la noyade générale, les élèves se taisaient pour la minute de silence. Isabelle changea de place. Nous fermions les rangs, nous gardions nos distances et la brodeuse brodait dans les rangs.

— Je vous aime.

— Je vous aime, dis-je aussi.

Les petites mangeaient déjà. Nous avons feint d'ignorer ce que nous nous étions dit, nous avons bavardé chacune de notre côté, nous avons cherché un secours dans une distraction.

Ma compagne de droite brodait sous la table.

— Pour qui est-ce ?

— Cette question ! dit-elle. Pour mon frère. Le motif vous plaît ?

— Vous avez un frère ?

— Le motif vous plaît ??

— Quel âge ?

— Dix-huit ans. Un an de plus que moi. C'est lui qui me fait sortir. Nous ne nous quitterons pas.

— Vous le savez déjà ?

— Nos études finies nous tiendrons une pension de famille ensemble au bord de la mer. Nous avons les fonds...

— Vous lui ressemblez ?

— Je suis son portrait en fille. Pourquoi couriez-vous si vite avec Isabelle ?

— Pourquoi ne quitterez-vous pas votre frère ?

Les bonnes apportaient les plats, ma voisine rangeait son ouvrage. Je mangeai comme les vieillards : seule avec mon assiette. Isabelle mit son coude sur le livre qu'elle m'avait pris pendant que nous avions couru dans la cour.

Il tombait du crépuscule comme il tombe du crêpe devant les visages. Je voulais m'allonger sur Isabelle, je voulais que nous montions au dortoir. Mais elle réfléchissait, tassée sous les plis de son tablier de marbre. C'était cela mon musée, c'était cela l'accroc dans le crêpe. Je languissais, j'étais fatale, les grands fauves allongeaient les routes de mes campagnes préférées, le temps guindé à l'horloge du réfectoire se faisait prier. La brise imprévisible entra, elle caressa mes mains, elle séduisit ma mémoire.

Que notre séparation était secrète dans la sépa-ration générale à neuf heures du soir quand nous nous débandions à l'entrée du dortoir.

J'arrivai routinière sur mon rideau de percale. Une main de fer me reprit, me conduisit ailleurs. Isabelle me jeta sur son lit et sur mon pubis enfouit son visage dans ma lingerie.

— Revenez quand elles dormiront, dit-elle.

Elle me chassait, elle me fascinait.

J'aimais : je n'avais pas d'abri. Je n'aurais que des salles d'attente et des sursis entre les rendez-vous. Je tombai sur mon lit.

— Je n'entendais rien, dit la surveillante. Qu'est-ce que vous faisiez ? Pas encore désha-billée !

— Je m'étais allongée. Je réfléchissais à mon travail, dis-je.

— Il faut vous déshabiller. Pressons. J'éteins.

Le rideau retomba, Isabelle toussa.

Isabelle toussait assise dans son lit. Isabelle était prête avec son châle de cheveux sur les épaules. Son châle. Le tableau auquel je revenais me paralysait. Je m'écroulai sur la chaise, sur la carpette : le tableau me suivait partout. La surveillante avait éteint.

— Je crève de sommeil, dit une élève à l'autre bout du dortoir.

— Chut, répondit la nouvelle surveillante.

Le dortoir se calma.

Je me déshabillais dans l'ombre, je plaquais ma main chaste sur ma chair, je me respirais, je me reconnaissais, je m'abandonnais. Je tassais le silence au fond de la cuvette, je le tordais en tordant le gant éponge, je le caressais sur ma peau pendant que je m'essuyais.

La surveillante éteignit dans sa chambre, une élève divagua, Isabelle toussa encore : elle m'appelait. Je calculais que si je ne refermais pas la boîte de savon dentifrice, je me souviendrais de l'atmosphère avant de retrouver Isabelle chez elle. Je me préparais un passé.

— Vous êtes prête ? chuchota Isabelle derrière mon rideau.

Elle repartait. Sa discrétion m'enchantait et me décevait.

J'optai une deuxième fois pour la chemise de nuit réglementaire dont je me vêtis ; je calculai aussi que je changerais le vêtement chaque soir, qu'une externe le donnerait à blanchir en ville.

J'ouvris la fenêtre de ma cellule. La nuit et le ciel ne voulaient pas de nous. Vivre à l'air libre était un sacrilège. Il fallait s'absenter pour embellir la soirée des arbres. Je risquai ma tête dans l'allée mais l'allée me rebuta. Leur sommeil m'effrayait : je n'avais pas le courage d'enjamber les dormeuses, de marcher pieds nus sur leur visage. Je refermai la fenêtre et, comme les feuillages, le rideau de percale tressaillit.

— Vous venez ?

J'allumai : ses cheveux tombaient bien en châle comme je l'avais imaginé mais je n'avais pas prévu sa chemise de nuit gonflée de rusticité. Isabelle repartait.

J'entrai chez elle avec ma lampe de poche que je tenais comme on tient un missel.

— Ôtez votre vêtement, dit Isabelle.

Elle se tenait sur un coude, sa chevelure pleuvait sur son profil.

— Ôtez votre vêtement, éteignez.

J'éteignis ses cheveux, ses yeux, ses mains. Je me dépiautais de ma chemise de nuit. Ce n'était pas neuf : je dévêtais la nuit des premiers amants.

— Qu'est-ce que vous faites ? dit Isabelle.

— Je traîne.

— Venez !

— Oui Isabelle, oui.

Elle piaffait dans le lit pendant que par timidité je posais nue pour les ténèbres.

— Mais qu'est-ce que vous faites ?

Je me glissai dans son lit. J'avais eu froid, j'aurais chaud.

Je me raidis, je craignis de froisser sa toison. Elle me forçait, elle m'allongeait sur elle ; Isabelle voulait l'union dans la peau. Je récitais mon corps sur le sien, je baignais mon ventre dans les arums de son ventre, j'entrais dans un nuage.

Elle frôla mes hanches, elle lança des flèches étranges. Je me soulevai, je retombai sur elle.

— Ne bougeons pas, ne respirons pas. Faites la morte, dit-elle.

Nous écoutions ce qui se faisait en nous, ce qui émanait de nous. Des couples nous cernaient, épiaient.

Le sommier gémit.

— Attention ! dit-elle sur ma bouche.

La surveillante avait allumé dans sa chambre.

J'embrassais la bouche d'une petite fille parfumée à la vanille. Nous étions redevenues sages.

— Serrons-nous, dit Isabelle.

Nous avons resserré notre ceinture de misère.

— Broyez-moi...

Elle voulait bien mais elle ne pouvait pas. Elle triturait mes hanches.

— Ne l'écoutez pas, dit-elle.

La surveillante urinait dans son seau de toilette.

— Elle se rendormira, dis-je.

Isabelle frottait son orteil sur mon cou-de-pied en signe d'amitié.

— Elle s'est rendormie, dit Isabelle.

— Si elle nous écoutait...

— Elle nous embête.

Je prenais Isabelle dans sa bouche, j'avais peur de la surveillante, je buvais notre salive. C'était une orgie de dangers. Nous avons eu de la nuit dans notre bouche et dans notre gorge, nous avons su que la paix était revenue.

— Écrasez-moi, dit-elle.

— Le sommier… il gémira… on nous entendra.

Nous nous parlions entre les feuillages serrés des nuits d'été.

J'écrasais, j'obscurcissais des myriades d'alvéoles.

— Est-ce que je pèse ?

— Vous ne pèserez jamais. J'ai un peu froid, dit-elle.

Mes doigts voyaient ses épaules blêmes. Je m'envolai, je pris avec mon bec les flocons de laine accrochés aux épines de haies, je les mis sur les épaules d'Isabelle. Je tapotais ses os avec mes marteaux duveteux, mes baisers dévalaient les uns par-dessus les autres, je me lançais dans un éboulis de tendresse. Mes mains relayèrent mes lèvres fatiguées : je modelai le ciel autour de son épaule. Isabelle se souleva, elle prit mes poignets, elle retomba et je retombai avec elle au creux de son épaule. Ma joue se reposa sur une courbe.

— Mon trésor.

Je le disais à la ligne brisée.

— Oui, dit Isabelle.

Elle dit « je viens », mais elle hésita.

— Je viens, dit encore Isabelle.

Elle renouait ses cheveux à l'écart, son coude aérait mon visage. J'attendais.

La main se posa sur mon cou : un soleil d'hiver blanchit mes cheveux. La main suivait les veines, descendait. La main s'arrêta. Mon pouls battait contre le mont de Vénus de la main d'Isabelle. La main remonta : elle élargissait des cercles, elle débordait dans le vide, elle élargissait les ondes de douceur autour de mon épaule gauche pendant que mon épaule droite sur l'oreiller était abandonnée à la nuit que zébraient les respirations des élèves. J'apprenais le velouté dans mes os, l'aura dans ma chair, l'infini dans mes formes. La main traînait, emmenait des rêves de linon. Le ciel mendie quand on vous caresse l'épaule : le ciel mendiait. La main remontait, ajustait une guimpe de velours jusqu'au menton, la main persuasive redescendait, appuyait, décalquait les courbes. À la fin ce fut une pression d'amitié. Je pris Isabelle dans mes bras, je m'ébrouai de reconnaissance. Je lissais ses cheveux, elle lissait les miens.

— Vous me voyez ? dit Isabelle.

— Je vous vois. Moi aussi je veux donner.

— Écoutez !

— ...

— Non, rien... Elles dorment et celles qui ne dorment pas ne nous dénonceront pas.

— Je veux vous donner...

Elle me coupa la parole, elle se glissa dans le lit, elle embrassa les cheveux bouclés.

— Des chevaux, cria une élève.

— N'aie pas peur. Elle rêve. Donne ta main, dit Isabelle.

Je pleurais de joie.

— Qu'est-ce que tu as ? Allumons.

— N'allumez pas. Non, non...

— Vous pleurez ? dit-elle avec anxiété.

— Je vous aime : je ne pleure pas.

J'essuyai mes yeux.

La main déshabilla mon bras, s'arrêta près de la veine, autour de la saignée, forniqua dans les dessins, descendit jusqu'au poignet, jusqu'au bout des ongles, rhabilla mon bras avec un long gant suédé, tomba de mon épaule comme un insecte, s'accrocha à l'aisselle, se frotta à la touffe de poils. Je tendais mon visage, j'écoutais ce que mon bras répondait à l'aventurière. La main qui se voulait convaincante mettait au monde mon bras, mon aisselle. La main se promenait sur le babillage des buissons blancs, sur les derniers frimas des prairies, sur l'empois des premiers bourgeons. Le printemps qui avait pépié d'impatience dans ma peau éclatait en lignes, en courbes, en rondeurs. Isabelle allongée sur la nuit enrubannait mes pieds, déroulait la bandelette du trouble. Les mains à plat sur le matelas, je faisais le même travail de charme qu'elle. Elle embrassait ce qu'elle avait caressé puis, de sa main légère, elle ébouriffait et épousetait avec le plumeau de la perversité. La pieuvre dans mes entrailles frémissait, Isabelle buvait au sein droit, au sein gauche. Je buvais avec elle, je m'allaitais de ténèbres quand sa bouche s'éloignait. Les doigts revenaient, encerclaient, soupesaient la tiédeur du sein, les doigts finissaient dans mon ventre en épaves hypocrites. Un monde d'esclaves qui avaient même visage que celui d'Isabelle éventaient mon front, mes mains.

Elle se mit à genoux dans le lit :

— Vous m'aimez ?

Je conduisis la main jusqu'aux larmes rares de la joie.

Sa joue hiverna au creux de l'aine. Je braquai ma lampe de poche, je vis ses cheveux répandus, je vis mon ventre pleuvant la soie. La lampe glissa, Isabelle donna un coup de barre.

Nous nous épousions en surface avec des crocs dans notre peau, du crin dans nos mains : nous tanguions sur les dents d'une herse.

— Plus fort, plus fort, disait-elle.

Nous nous mordions, nous malmenions les ténèbres.

Nous avons ralenti, nous sommes revenues avec nos panaches de fumée, avec nos ailes noires aux talons. Isabelle bondit hors du lit.

Je me demandais pourquoi Isabelle se recoiffait.

D'une main, elle m'étendit sur le dos, de l'autre elle me chagrina avec la lumière jaunâtre de la lampe de poche.

Je me cachai dans mes bras :

— Je ne suis pas belle. Vous m'intimidez, dis-je.

Elle voyait notre avenir dans mes yeux, elle regardait l'instant suivant, elle le retenait dans son sang.

Elle revint dans le lit, elle me convoita avec des doigts de chercheur d'or.

Je la flattais, je préférais l'échec aux préparatifs. Faire l'amour dans une bouche me suffisait : j'avais peur et j'appelais au secours avec mes moignons. Deux pinceaux se promenèrent dans mes replis. Mon cœur battait dans une taupinière, ma tête était pleine de terreau. Soudain tout changea. Deux doigts contrariants me visitaient. Que la caresse est magistrale, que la caresse est inévitable... Mes yeux clos écoutaient : le doigt effleurait la perle, le doigt attendait. Je me voulais spacieuse pour le seconder.

Le doigt royal et diplomate avançait, reculait, m'étouffait, commençait à entrer, vexait la pieuvre dans mes entrailles, crevait le nuage sournois, s'arrêtait, repartait, attendait près des viscères. Je serrais, j'enfermais la chair de ma chair, sa moelle et sa vertèbre. Je me dressai, je retombai. Le doigt qui n'avait pas été blessant, le doigt venu en reconnaissance sortait. La chair le dégantait.

— Vous m'aimez ? dis-je.

Je souhaitais une confusion.

— Il ne faudra pas crier, dit Isabelle.

Je croisai les bras sur mon visage, j'écoutai sous mes yeux clos.

Deux doigts entrèrent, deux bandits. Isabelle écartelait et commençait à déflorer. Ils m'opprimaient, ils voulaient, ma chair ne voulait pas.

— Mon amour... Tu me fais mal.

Elle mit sa main sur ma bouche.

— Je ne me plaindrai pas, dis-je.

Son bâillon m'humiliait.

— J'ai mal. Il le faut. J'ai mal...

Je me donnai à la nuit et sans le vouloir j'aidai les doigts.

— Tu peux, tu peux...

Je me penchai en avant pour me déchirer, pour faire craquer les doigts d'Isabelle, pour me rapprocher de son visage, pour voisiner avec le sexe blessé : elle me rejeta sur l'oreiller.

Elle donnait des coups, des coups, des coups... On entendait les claquements de la chair. Elle crevait l'œil de l'innocente. J'avais mal : je me délivrais mais je ne voyais pas ce qui arrivait.

Nous avons écouté les dormeuses, nous avons sangloté pour respirer. Ses doigts avaient laissé une ligne de feu.

— Reposons-nous, dit-elle.

Mon souvenir des deux doigts s'adoucissait, mes chairs tuméfiées guérissaient, des bulles d'amour montaient. Mais Isabelle revenait, les doigts tournaient de plus en plus vite. D'où venait cette lame de fond ? Enveloppements suaves dans les genoux. J'avais de la drogue dans les talons, ma chair visionnaire rêvait.

— Je ne peux plus.

— Tais-toi.

Je me perdis avec elle dans la gymnastique pathétique.

Les doigts étaient trop courts, les phalanges nous barraient notre fièvre, les phalanges n'entraient pas.

— Je veux, se désolait Isabelle.

Le sommier gémissait, on entendait encore les claquements de la chair.

— Tu as chaud.

— Je veux, je veux !

Isabelle s'abîma dans mes bras. La sueur qui coulait de son front, de ses cheveux, de sa gorge, mouillait mon front, mes cheveux, ma gorge. Son dernier don après la défloration.

— Tu m'appelles ? Tu veux, dit Isabelle.

Elle revenait encore, obéissant à l'avance et jusqu'au paroxysme.

Les doigts tournoyaient jusque dans mes genoux languides mais ils n'entraînaient pas la vague surnaturelle que j'attendais. Le plaisir s'annonça. Ce ne fut qu'un reflet. Des doigts lents sont partis. J'étais affamée de présence :

— Votre main, votre visage... Venez plus près.

— Je suis fatiguée.

Faites qu'elle vienne, faites qu'elle me prête son épaule ou bien qu'elle emprunte la mienne, faites que j'aie son visage près du mien. Il faut échanger de l'innocence avec elle. Elle n'a pas de souffle : elle se repose. Il faut se remuer pour l'entendre vivre. Isabelle toussa comme si elle toussait dans une bibliothèque.

Je me levai avec d'infinies précautions, je me sentis toute neuve. Mon sexe, ma clairière.

— Dites-moi bonsoir.

Isabelle sursauta.

— Dites-moi bonsoir...

J'allumai. J'avais vu le sang, j'avais vu mes cheveux rouges. J'éteignis.

Elle se mit à genoux dans le lit et, naturellement, je lui présentai le nid de cheveux bouclés pour qu'elle y enfouisse son visage. Que pouvais-je lui dire pendant que sa joue se caressait ? Elle me choyait trop.

— Je veux donner, dis-je.

— Tais-toi.

— Je veux donner.

J'allumai, je regardai mes cheveux rouges.

— J'ai honte, dis-je.

— Honte de quoi ?

— Du sang.

— Tu es folle.

J'allai jusqu'au rideau, je croisai les jambes, je posai, je braquai la lampe. J'étais nue : je me voulais artificielle.

— Tu me fais de la peine, dit Isabelle.

Elle se leva.

Elle venait. Elle cachait son visage dans ses mains, ses cheveux tombaient du même côté.

— Oh.

Je la reçus dans mes bras. J'enlevai avec mes dents le sang séché sous ses ongles. Je la mis au lit.

J'allongeais mon petit, je lui soulevais la tête, je tapotais l'oreiller, je défroissais, je rajeunissais le lit.

— Tu me soignes, dit Isabelle.

Je réchauffais son pied sur mon sein. Isabelle me donnait un enfant. Tantôt je faisais l'amour avec lui, tantôt je le remettais dans le moïse. De ceux que j'ai aimés, je n'ai pas désiré d'autres enfants qu'eux. L'amour, c'étaient eux.

— Je pars, Isabelle.

Elle me retenait par les hanches, à pleine peau.

— Je crierai si vous partez.

Je suis restée.

— Plus souple, dit-elle à la main qui n'était plus la mienne, qu'elle guidait.

Je rentrais dans le vieil abri.

— Tu t'assoupis, dit-elle.

Mon doigt rêvait, je délirais en sourdine.

Elle mit son bras sur le mien, elle me procura un plaisir pendant la rencontre de nos bras.

Il faut se supprimer pour donner. Je me voulais une machine qui ne serait pas machinale. Ma vie c'était son plaisir. Je visais plus loin qu'Isabelle, je le faisais dans le ventre de la nuit. Nous nous accordions tant que nous disparaissions. Le râle. Elle se souleva, elle m'effraya. Déjà le spectre du plaisir, déjà. Mourrait-elle ou bien vivrait-elle ? Le rythme le déciderait. Je suivais tout en elle, je voyais avec les yeux de l'esprit la lumière dans sa chair. J'avais dans la tête une Thérèse jambes ouvertes, lancées au ciel, qui recevait ce que je donnais à Isabelle.

— Viens te reposer, dit-elle.

Je redevins une enfant.

Vivantes, allongées, flottantes, séparées, recueillies, nous pouvions croire au repos éternel. Qu'il était frais le ruisseau de solitude :

— Je voudrais te dire...

— Tu es heureuse. Ne cherche pas, dit Isabelle.

Nous avons remis nos chemises de nuit.

J'ai dit :

— À quoi penses-tu ?

— Je me laisse vivre. Et toi ?

— J'écoutais ton cœur. Quelle prison... Tu l'écoutes aussi ?

— Moi je ne suis pas triste, dit Isabelle.

Je me tournai de son côté :

— Tu ne dors pas ?

— Je nous voyais dans un cinéma. Je me tenais mal, je n'étais pas sage, dit Isabelle.

— Dans un cinéma... Comme c'est bizarre... On dirait que cela me dit quelque chose. Pourtant ce n'est pas un souvenir. C'est comme si j'étais allée dans ce cinéma que je ne connais pas, dis-je.

— Cela n'arrivera pas. Nous ne sommes pas libres, dit Isabelle.

— Sauvons-nous.

— Je n'ai pas d'argent.

— Moi non plus. Vendons ce qui peut être vendu, prenons le train, essayons. Nous ne mourrons pas de faim.

— Nous ne nous sauverons pas. C'est ici que nous devons être. Nous aurons toutes les nuits si nous sommes prudentes. Tu te déplais au collège ?

— Au contraire. J'ai peur d'en être retirée... Tu me verras entre tes cours ? Dis, tu me verras ?

Elle ne répondit pas.

Deux rosaces se sont épousées.

— Qui t'a appris ?

— J'ai toujours su, dit Isabelle.

— J'ai faim.

74

Elle ouvrit le tiroir de la table de nuit, elle enfonça sans me quitter une tablette de chocolat poussiéreux dans ma bouche.

— Mange, dit Isabelle, mange mais distends-toi.

Ma joue rencontra ma lampe de poche sur l'oreiller.

J'éclairais l'une après l'autre les paumes de ses mains loin de notre union.

— Besoin de toi, dis-je.

— Besoin de toi, dit Isabelle.

— Oui. Oui, ai-je gémi.

— Quelqu'un, dit calmement Isabelle.

Elle se leva, elle regarda dans l'allée.

— Personne. Il n'y avait personne, dit Isabelle.

Elle se pencha sur le lit. Isabelle ne se recouchait pas.

Elle folâtrait dans les aines, elle dessinait des huit affolants qu'elle prolongeait, elle caressait en se courbant.

Trois doigts entrèrent, trois hôtes que la chair happa.

Elle se recoucha ainsi, comme l'acrobate qui rampe et qui porte son partenaire à bout de bras.

— Tu ne m'écoutes pas, dit Isabelle.

— Je t'écoute. Tu me dis des petites choses, tu es revenue, tu es en moi. La pluie... Oh, oui... Oui ! Je ne la déteste pas. C'est une amie. Oui, oui... Mourons ensemble, Isabelle, mourons pendant que tu es moi et que je suis toi. Je ne penserai plus que nous serons séparées. Mourons, veux-tu ?

— Je ne veux pas. Je veux cela. Je veux être au fond de toi. Mourir... c'est trop bête.

— Si j'avais la lèpre est-ce que tu m'abandonnerais ?

— Je ne l'ai pas, tu ne l'as pas, nous ne l'avons pas. Pourquoi allumes-tu ?

Isabelle retira sa main, elle croisa les bras sur ses yeux.

— Tu me laisserais ?

Elle haussa les épaules.

— Regarde-moi, dis-je.

— Je te regarde les yeux fermés.

— Si je mourais demain est-ce que tu vivrais ?

Elle se tourna de mon côté. Je la retrouvais dans un buisson givré chaque fois qu'elle se tournait ainsi.

— Tu vivrais. Tu ne réponds pas.

Isabelle joignit les mains. Son visage était traversé de mouvements, de tics : son âme palpitait.

— C'est une question difficile, dit Isabelle.

Elle n'ouvrait pas les yeux.

— Réponds !

— Ce sont de trop grandes questions.

Isabelle soulevait ses paupières. Maintenant elle me fixait :

— Est-ce que tu veux vraiment mourir avec moi quand tu le dis ? C'est vrai ? Tu voudrais vraiment que nous mourrions en même temps ?

Isabelle renversa la tête. Elle pensait avec intensité.

— Je ne sais plus, dis-je.

— Donne ta main, dit-elle. Non... ne me donne pas ta main. Pas maintenant.

— Tu es si belle... Je voudrais bien mais je ne pourrais pas. Je ne peux pas t'imaginer morte. Tu es si belle...

— Parlons de nous. Tu pourrais ?

— Je ne sais pas, je ne sais plus. On aime bien vivre. Et toi ? Et toi ?

— Pourtant si nous ne voulons pas être séparées, dit Isabelle.

— Tu pourrais ?

— Il faudrait s'y habituer, dit Isabelle. Tu ne pourrais pas mais je ne t'en veux pas. Je n'ai jamais pensé que j'exigerais cela de toi. D'une falaise... la nuit... ensemble...

— C'est terrible ce que tu dis.

— Comme tu as vite peur ! Avec toi, elle ne m'effraie pas.

— N'y pense pas, Isabelle.

— Je te l'avais dit : ce sont de trop grandes questions.

— Tu es belle. Je ne veux pas te perdre.

Isabelle se tourna du côté de la cloison mais je lui redis dans ses cheveux, sur ses yeux, qu'elle était belle. Elle détestait les colifichets que sont les compliments. Elle se ferma, elle fut lointaine.

— Allonge-toi, prends toute la place. Sois belle, dis-je.

Isabelle se dressa :

— Tu entends : c'est trois heures du matin.
Je ne veux pas te quitter.

Elle se suspendait à mon cou. La nuit nous
avait trahies. Moi j'adorais ce qui était vulnéra-
ble.

— Prends la lampe. Je te coifferai. Tu veux ?

Elle haussa les épaules avec indulgence :

— Tu entends ? Il pleut.

Ce n'étaient que les derniers soupirs de la
nuit attendrie.

J'encadre son visage avec de la folie, ses cheveux tombent sur ses épaules mais elle n'est
pas misérable. Son petit nez ne vieillira pas. Les
vers de terre seront repus, mais son petit nez
ne changera pas. C'est le trésor dans la tombe,
c'est le petit os parfait. Qu'il est puritain son
petit nez droit.

— Qu'est-ce que j'ai, qu'est-ce que tu vois ?

— Rien.

Je n'osais pas lui parler de son immortalité.

Elle prit ma main, elle coucha sa joue dedans.

— Laisse-moi t'arranger.

Isabelle voulut bien se prêter :

— Qu'est-ce que tu me fais ?

— Je te mets des fleurs.

— Est-ce que tu sais que c'est grave ? dit Isabelle.

— Je ne m'amuse pas.

— Ce n'est pas réel. Nous n'avons pas de
temps à perdre.

— Tu es belle et je t'embellis.

— Je ne veux pas que tu m'idolâtres.

Je vis le scintillement de mes larmes. Je ne pleurai pas.

— Qu'est-ce que je t'ai fait, dis-moi ce que je t'ai fait, ai-je supplié. Je voulais te parer...

— C'est tout ? dit Isabelle.

— C'est tout.

Mais je l'aimais avec des nœuds de crêpe à chaque doigt.

Elle s'assit dans le lit :

— Je le sais : nous serons séparées, dit-elle.

Je ramassai l'édredon, je luttai contre le fléau.

Nous avions créé la fête de l'oubli du temps. Nous serrions contre nous les Isabelle et les Thérèse qui s'aimeraient plus tard avec d'autres prénoms, nous finissions de nous étreindre dans le craquement et le tremblement. Nous avons roulé enlacées sur une pente de ténèbres. Nous avons cessé de respirer pour l'arrêt de vie et l'arrêt de mort.

J'entrais dans sa bouche comme on entre dans la guerre : j'espérais que je saccagerais ses entrailles et les miennes.

Un coup de sifflet, un train, une gare, mais le silence encore pesa sur notre tête. Isabelle mit ses cheveux sur mon épaule.

— Tu as sommeil ?

— Je n'ai pas sommeil.

Elle le balbutiait.

Une chose se décrocha de ma hanche, tomba sur le matelas : une main. Isabelle dormait. L'aube serait notre crépuscule d'une minute à l'autre.

Mon visage frôla le sien.

— Ne dors pas.

L'aube toujours ponctuelle quand ça meurt quelque part attendait avec ses mousselines. Des barques qui s'arrachaient aux roseaux s'en sont allées.

— Ne dors pas...

J'ouvris la main sur ses cheveux bouclés, j'écoutai sur mon fief. Son sommeil m'excitait. Je posai mes lèvres de petite fille de huit ans sur ses lèvres fades, je trompai Isabelle avec elle-même, je la frustrai du baiser que je lui donnais. Elle s'éveilla sur ma bouche :

— Tu étais là ?

Elle parlait : elle m'apportait la fleur des ténèbres dans lesquelles elle s'était reposée. Je respirais l'odeur de soufre de la présence.

— Tu veux ?

— Oui, dit Isabelle.

Nous avons effleuré et survolé nos épaules avec les doigts fauves de l'automne. Nous avons lancé à grands traits la lumière dans les nids, nous avons éventé les caresses, nous avons créé des motifs avec de la brise marine, nous avons enveloppé de zéphyrs nos jambes, nous avons eu des rumeurs de taffetas au creux des mains. Que l'entrée était facile. Notre chair nous aimait, notre odeur giclait. Notre levain, nos bulles, notre pain. Le va-et-vient n'était pas servitude mais va-et-vient de béatitude. Je me perdais dans le doigt d'Isabelle comme elle se perdait dans le mien. Qu'il a rêvé notre doigt consciencieux...

Quels mariages de mouvements. Des nuages nous aidèrent. Nous étions ruisselantes de lumière.

La vague vint en éclaireur, elle grisa nos pieds, elle se reprit. Des lianes se détendirent, une clarté se propagea dans nos chevilles. Ce déferlement de douceur se finit. J'avais les genoux en cendres.

— C'est trop. Dis-moi que c'est trop.

— Tais-toi.

— Je ne peux pas me taire, Isabelle.

J'embrassais son épaule, je me donnais encore à ce naufrage.

— Parle.

— Je ne peux pas, dit Isabelle.

— Ouvre les yeux.

— Je ne peux pas, dit Isabelle.

— À quoi penses-tu ?

— À toi.

— Parle, parle.

— Tu n'es pas heureuse ?

— Regarde... Non, ne regarde pas.

— Je sais. Il fera bientôt clair. Ferme les yeux, repousse-le, dit Isabelle.

Le jour se levait, Isabelle se rendormait.

Je bâillais dans les prés laiteux et mouillés, je demandais aide et protection à la dormeuse, dépositaire de la nuit noire que je regrettais. Ma dormeuse avait dans la tête de la nuit qui ne s'usait pas, ma dormeuse avait dans le cœur le chant du rossignol qui n'avait pas dormi. Je respirais petitement, je vivais chichement près d'elle.

Elle m'enlaçait, elle n'oubliait pas de s'inquiéter en dormant :

— Tu ne dors pas.

— Je dors. Dors.

Des élèves remuaient : l'aube tressaillait dans leurs rêves.

Je me levai et Isabelle se leva aussi. Je retournai dans l'allée mais elle me ramena avec rudesse dans sa cellule.

Elle ouvrit son peignoir, elle me montra son orgueil, elle meurtrit mon pubis avec sa cuisse entre les miennes. Je voulais partir. Son sommeil m'avait désespérée.

— Ne pars pas !

Isabelle s'effondra :

— Pourquoi ai-je dormi, pourquoi ?

Elle tremblait.

Trop d'amour décourage.

— Fais ce que tu voudras, dis-je.

Elle lécha, elle flaira des restes de nuit sur mon visage, elle s'agenouilla.

Le visage cheminait, le visage m'explorait. Des lèvres voyaient et touchaient ce que je ne verrais pas. J'étais humiliée pour elle. Indispensable et négligée, voilà ce que j'étais avec mon visage loin du visage d'Isabelle. Son front moite me troubla. Une sainte léchait mes souillures. Ses dons m'appauvrirent. Elle se donnait trop : j'étais coupable.

— Va te reposer. Une élève étudie déjà, dit Isabelle.

J'obéis. Je me jetai dans le fleuve du sommeil.

— Vous ne dormez plus j'espère, dit la surveillante.

Je dormais debout.

— Les propositions relatives peuvent accessoirement marquer différents rapports de circonstances…

Isabelle disait cela à une autre. Isabelle mettait déjà de l'ordre dans son box.

Je m'éveillai tout à fait, je soignai ma toilette pour son bonjour que je recevrais. Elle entra avec le dédain de l'ouragan pendant que je mettais de la brillantine pour ressembler au bourgeon précieux.

— Bonjour.

— Bonjour.

Nous ne pouvions pas nous regarder.

— Il fait beau.

— Oui, il fait beau.

Mais le soleil nous guindait. Nous baissions les yeux.

— Vous êtes prête ? dit Isabelle.

— Non. Vous le voyez.

Son prénom que j'évitais, ma salive que je n'avalais plus…

— Vous voulez que je vous aide ?

— Non.

— Je voudrais ma montre, dit Isabelle.

— Bien sûr. Votre montre…

Je m'empressai autour de la table de nuit.

— Mettez-la à mon poignet, dit Isabelle.

Nous nous sommes revues, nous nous sommes regardées avec nos yeux anciens.

— S'il vous plaît, attachez mon bracelet.

— Vous me direz si je serre trop.

— C'est facile. Il y a une marque.

— Vous ne pouvez pas ? dit Isabelle.

— Je peux, dis-je.

— Vous n'avez plus de voix, dit-elle.

— Moi ? Vous permettez ? Il faut que je finisse de mettre de l'ordre.

Je jetai le couvercle du seau de toilette sur le plancher, je vidai la cuvette.

— Trop de vacarme là-bas, dit la surveillante.

— Ne limez pas vos ongles ici. Ne limez pas vos ongles...

— Pourquoi ? dit Isabelle.

— Pas ici. Pas maintenant.

— Vous, vous époussetez...

— Ne limez pas vos ongles. Cessez.

Isabelle ouvrit la fenêtre de ma cellule.

— Vous avez jeté votre lime ?

— Elle vous déplaisait, dit Isabelle.

Je rangeais la savonnette, je nettoyais le plat de faïence sur lequel je couchais la brosse à dents.

Isabelle est prête à me poignarder. Cette idée me traversa pendant que je rangeais aussi les serviettes et les gants éponge sur le porte-serviette. J'attendis un coup de couteau.

— La surveillante vous a vue entrer ?

Isabelle ne voulait pas répondre.

Je repris la serviette à nid-d'abeilles, j'essuyai le verre à dents.

— Elle sait que vous êtes chez moi ?

Soudain, elle me tira par les cheveux. Elle enfonçait son dard dans ma nuque.

— On vient, dit Isabelle.

Isabelle s'arracha de son ouvrage. Elle entr'ouvrit le rideau, elle se faufila dehors.

— Fausse alerte. Personne dans l'allée, dit Isabelle.

Elle me rassurait. Elle avait disparu.

Mais la surveillante est venue :

— Quelqu'un était chez vous. Ne niez pas. Le nom de votre compagne.

— Compagne ? dis-je avec mépris.

— Pourquoi souriez-vous ?

— Isabelle m'aidait. Isabelle m'aide quand je suis en retard. La surveillante précédente le savait.

— Vous m'étonnez. Je croyais que vous ne vous entendiez pas. Pressons, pressons, nous descendons, dit la surveillante que j'avais délivrée d'un malaise.

Andréa, une demi-pensionnaire qui arrivait tôt, qui déjeunait avec nous au réfectoire, qui dînait et dormait à la campagne, vivait ses jeudis et ses dimanches devant un pré, contre une étable. Andréa était un joli quartier d'hiver. Ses yeux brillaient de froidure, la gelée fondait ses lèvres toujours gercées. Je lui serrais la main, je touchais l'oxygène de la liberté.

— Il fait beau là-bas ? lui disais-je.

— C'est le même temps qu'ici, répondait-elle.

— Plus de gelées, lui disais-je encore par nostalgie des gelées blanches.

— Finies, les gelées. Mon père aiguise sa faux pour son foin, disait-elle.

Ce matin-là, je laissai Andréa aux gelées blanches.

— Renée me montrait des photographies. Comment trouvez-vous celle-ci ? me dit Isabelle avant notre entrée au réfectoire.

— C'est un paysage, c'est réussi.

Isabelle me faisait des avances avec ses cheveux qui frôlaient les miens.

J'avais peur de hurler. Je reculai.

Isabelle rejeta sa mèche de cheveux, avança. Sa joue mit un long baiser sur la mienne.

— Cessez, dis-je, cessez, vous me faites mourir.

Elle me poussa avec rage contre Renée, elle s'excusa.

Des petites filles avec leurs cris nous disloquaient. Je vous aime et vous ne voulez pas répondre, dit la main dans la mienne. Renée contemplait la photographie, devinait, c'est probable, un couple à côté d'elle puisqu'elle n'osait pas lever les yeux. J'étais prise entre la fausse innocence de l'une et l'audace de l'autre. La main d'Isabelle, dans les plis de son tablier, me caressa. C'était fou. Je pourrissais, mes chairs étaient blettes.

— Vous me la donnez à la fin cette photographie ! dit Renée.

— Laisse-lui. Elle la détaille, dit Isabelle à Renée.

Isabelle, qui devinait que le papier glacé me protégeait, éloigna la foudre qui aurait foudroyé mes entrailles, qui aurait révélé l'auréole effrayante dans mon ventre. Je m'écroulai avec le paysage dans ma main.

— Giflez-la, dit Renée à Isabelle, giflez-la elle reviendra à elle.

Isabelle ne répondit pas.

— Un mouchoir, vite un mouchoir, de l'eau de Cologne, criait une autre. Thérèse est tombée... Thérèse se trouve mal.

— Cherchez du vinaigre, cherchez de l'alcool !

J'écoutais et me reposais sur le carrelage pendant que je simulais une syncope après une crise. Je n'osais pas me remettre sur pied par crainte du ridicule. Je m'épuise souvent au réveil : j'imagine le chagrin, j'imagine l'absence de chagrin de ceux qui apprendront que j'ai cessé de vivre. Isabelle se taisait, Isabelle s'habituait à ma mort. Des élèves me secouaient, soulevaient mes paupières, m'appelaient, ne me trouvaient pas. Je m'étais fait disparaître parce que je ne pouvais pas l'aimer en public : le scandale que je nous avais épargné retombait sur moi seule. Je me mis debout et me préservai de l'odeur méchante du vinaigre.

— Ce n'était rien, dis-je.

Je me tapotais le front.

— Montez au dortoir, dit la nouvelle surveillante. Qui veut l'accompagner ?

Elle tamponnait mon front, mes lèvres avec son maudit vinaigre.

— J'irai, dit Isabelle.

Nous partîmes pauvrement et nous entendîmes le pas militaire des élèves dans le réfectoire. Isabelle enlaçait une élève qui avait eu une faiblesse. La misère est plus grande que la faute. Nous allions sans nous parler, sans nous regarder. Elle s'arrêtait quand je m'arrêtais, elle repartait quand je repartais. Je piétinai avec tristesse le paillasson au bas de l'escalier, j'espérai un rapprochement. Elle, je l'aimais tant le long de la rampe, sur chaque marche... Je faisais un vœu de réconciliation chaque fois que je soulevais mon pied. Elle ôta son bras, elle boutonna le poignet de son tablier, elle reprit ma taille pour obéir à la surveillante. C'est une infirmière qui me poussa dans l'allée du dortoir, qui souleva le rideau de ma cellule, qui s'en alla chez elle. Mon tablier aspergé de vinaigre, mes cheveux mouillés me décourageaient.

Elle ouvrit largement le rideau, elle aéra tout avant d'entrer. Elle désinfectait mon âme, elle m'intimidait.

— Pourquoi as-tu fait cela ?

Elle tutoyait, elle adoucissait le passé.

— Pourquoi as-tu fait cela ?

— ...

— Tu as simulé ou bien tu étais fatiguée ?

— J'ai simulé. Ne me gronde pas.

— Je ne te gronde pas.

— Laisse cette brosse ! Ne pars pas...

Elle est revenue dans mon box et le soleil me l'a offerte. J'ai mis sur sa main mon baiser le plus profond.

— Pardonne-moi, ai-je supplié.

— Tais-toi. C'est horrible ce que tu dis. Tu es fatiguée ?

— Je ne serai pas fatiguée jusqu'aux vacances.

— Il faut qu'on me voie au réfectoire, Thérèse.

Son poids sur mes genoux m'a réconfortée.

— Ferme les yeux, écoute : je suis tombée dans le hall parce que tu t'approchais trop. Je n'avais plus de forces. Tu me provoquais.

— C'est vrai, dit Isabelle.

Elle a ouvert les yeux : notre baiser moelleux nous a fait gémir.

— On vient, dit Isabelle. La salive... Essuie la salive...

— Pas encore à table Isabelle ! dit la surveillante générale. Vous, je vous fais apporter votre petit déjeuner ici.

Quand je revins dans la salle d'étude, je trouvai une enveloppe dans mon casier. Je m'assis à la place d'Isabelle puisque je n'avais pas de cours, je contemplai les taches d'encre sur son pupitre. Des élèves étudiaient dans la clarté de la nouvelle journée. Quand je portais la main au cœur, l'enveloppe blanche frémissait, l'écriture d'Isabelle frissonnait. Je retardais la lecture, j'étudiais dans un livre de physique, je travaillais mollement à l'intérieur de ma carapace de paresseuse. Le soleil me tentait, le reflet du ciel teintait mes poignets ; les voix doctorales des professeurs, par les fenêtres ouvertes, n'avaient plus leur résonance dans les salles en hiver.

Donnez-nous vos haillons, saisons. Soyons les vagabondes aux cheveux laqués par la pluie. Veux-tu Isabelle, veux-tu te mettre en ménage avec moi sur le bord d'un talus ? Nous mangerons nos croûtons avec des mâchoires de lion, nous trouverons le poivre dans la bourrasque, nous aurons une maison, des rideaux de dentelle pendant que les roulottes passeront et s'en iront aux frontières. Je te déshabillerai dans les blés, je t'hébergerai à l'intérieur des meules, je te couvrirai dans l'eau sous les basses branches, je te soignerai sur la mousse des forêts, je te prendrai dans la luzerne, je te hisserai sur les chars à foin, ma Carolingienne.

Je me sauvai de la salle d'étude, je lus sa lettre dans les cabinets :

« Prends des forces, dors où tu pourras, fortifie-toi pour la nuit prochaine, pense à notre avenir de ce soir. »

Je mis la chaîne de la chasse d'eau autour de mon cou, j'embrassai sur chaque maillon une vertèbre d'Isabelle, je déchirai l'ordonnance que je jetai dans la cuvette des cabinets. Neuf heures un quart. L'horloge de la cour d'honneur marquait un temps olympien au-dessus du temps étriqué des salles de classe.

Mon livre de physique se détacha de la couverture en papier, mon porte-mine roula sous le radiateur : les choses que j'abandonnais me fuyaient. Des externes attendaient dans le couloir le cours de la deuxième heure, elles allaient et venaient devant la porte vitrée. Elles n'aimaient pas : leur aisance et leur insouciance m'oppressèrent.

— On te parle, me dit une élève.

Je dormais pendant l'heure de cosmographie.

— Elle a été malade, dit l'élève. Elle a perdu connaissance dans le hall. On ne sait pas ce qu'elle a.

Je me rendormis.

Au cours de cosmographie succéda le cours de morale pendant lequel je somnolai aussi. Onze heures vingt-cinq, onze heures trente, onze heures trente-cinq. Je voyais nos retrouvailles dans l'angle généreux de cet onze heures trente-cinq. Mon réveil avait été celui d'une sentinelle indisciplinée. Je me poudrais sous mon pupitre, je découvrais dans ma glace de poche ce qu'aimerait Isabelle et ce qu'elle n'aimerait pas. On sonnait, des élèves rugissaient, j'avais un projet.

— Oui, deux roses... Deux roses rouges. Tu iras chez le meilleur fleuriste...

— De quelle grosseur ? demanda l'externe.

— Ce qu'il y a de plus beau. Oui, si tu veux : pour un professeur. Respire-les avant de les acheter. Des roses roses de préférence.

— Sauve-toi, dit l'externe, tu peux y compter.

D'autres externes balafraient mon visage avec leur foulard, avec leurs gants ; elles me poussaient, elles m'entraînaient vers la sortie interdite. Je rebroussai chemin : j'avais quelqu'un.

La salle de solfège sous les toits conservait la chaleur animale de la centaine d'élèves qui avaient solfié d'heure en heure. J'entrai. Je m'abattis sur un pupitre. J'entendais la goutte d'eau qui tombait dans un lavabo, j'épiais la suivante. Elle ignorait où je l'aimais. Je voulais qu'elle vienne parce que je n'imaginais pas qu'elle ne fût pas prophète. Midi moins vingt... Je comptai jusqu'à six entre deux gouttes d'eau. Son pas.

Elle foulait mon cœur, mon ventre, mon front avant d'entrer. Une ville lumière venait vers moi. Ce serait une féerie écrasante. Je devinais que derrière la vitre elle me cherchait pendant que je la voyais dans la nuit sous mes paupières. Je ne levais pas la tête, je ne sortais pas des plis de mon veuvage. Des corbeaux détalèrent, du givre blanchit les noisetiers. Elle venait, elle respirait par mes poumons.

— Je t'ai cherchée partout, dit Isabelle.

Isabelle tomba sur mon dos, elle sanglota de bonheur. Elle s'assit sur le banc.

Nous nous aimions et nous nous retenions : nous nous tenions en équilibre sur le pétale d'une églantine. Elle révisa mes lèvres, elle les toucha avec une main rude :

— C'est toi, c'est vraiment toi ?

La main mendiait des certitudes sur mes paupières.

Son visage plongea, son visage descendit plus bas que les seins.

— Ton visage est trop loin, dis-je.

— J'ai déchiré ta robe, dit Isabelle.

Elle arrangea ma robe avec une épingle, elle fit son raccommodage pendant que je respirais le parfum des souvenirs dans sa chevelure.

— Quelqu'un !

Nous nous sommes séparées, nous nous sommes cachées chacune dans un coin. Une répétitrice tourna la clé de sa chambre. Elle passa, elle s'éloigna paisible, monumentale.

— La surveillante m'a dit de te mener chez le docteur à quatre heures, dit Isabelle.

J'accourus dans ses bras comme elle accourut dans les miens.

— Midi moins le quart ! dit Isabelle. Viens, viens...

Nous sommes tombées sur les marches de l'estrade.

— Midi moins le quart Thérèse !

J'hésitais à cause de mes doigts tachés d'encre.

— Ne m'empêche pas ! dis-je par timidité.

Je craignais de la dégrader en soulevant sa jupe.

— Presque midi moins dix, Isabelle !

— Si tu ne parles pas plus bas nous serons prises, dit Isabelle.

J'ai soulevé sa jupe : Isabelle a frissonné contre ma tempe.

Je me suis aventurée sous la jupe plissée : ses dessous m'ont fait peur. Elle était trop indécente sous sa robe. Ma main avançait entre la peau et le jersey.

— Laisse-moi faire. Ne regarde pas si ça te choque, dit Isabelle.

J'ai regardé.

Elle s'est soulevée, elle m'a rendu ma main.

— Quel slip impossible, dit-elle.

C'est une main de somnambule qui l'a enlevé, qui l'a fourré dans la poche du tablier. Isabelle s'est offerte sur les marches.

— Il te serrait, mon agneau doré. Tu es chiffonnée. Tu sens ma joue sur toi, mon petit mongoli ? Je te peigne, je te démêle, je te cajole, mon petit mordoré... Tu brilles, Isabelle, tu brilles...

Je me suis levée, je l'ai toisée.

— Reviens... Ne me laisse pas.

— Tu veux ?

J'étais sadique. Attendre et faire attendre est une délicieuse perdition.

— Si l'on nous surprenait, ai-je rêvé à voix haute.

— Je ne peux plus attendre, gémit Isabelle.

Elle tordait ses mains sur son visage.

Je suis tombée à genoux devant le médaillon, j'ai contemplé le rayonnement dans la touffe. Je me suis risquée en contrebandier, mon visage le premier. Isabelle a donné un coup de ciseaux avec ses jambes.

— Je regarde, je suis prise, dis-je.

Nous avons attendu.

Le sexe nous montait à la tête. Isabelle s'est fendue de la tête aux pieds. Un nombre incalculable de cœurs battaient dans son ventre, sur mon front.

— Oui, oui... Moins vite. Je te dis moins vite... Plus haut. Non... Plus bas. Presque... Tu y es presque... Oui... Oui... c'est presque là... Plus vite, plus vite, plus vite, disait-elle.

Ma langue cherchait dans de la nuit salée, dans de la nuit gluante, sur de la viande fragile. Plus je m'appliquais, plus mes efforts étaient mystérieux. J'ai hésité autour de la perle.

— Ne cesse pas. Je te dis que c'est là.

Je la perdais, je la retrouvais.

— Oui, oui, s'est plainte Isabelle. Tu trouves, tu trouves, s'extasiait-elle. Continue. Je t'en supplie... Là... oui, là... exactement là...

Son angoisse, son autorité, ses ordres, ses contrordres m'égaraient.

— Tu ne veux pas me guider, dis-je, séparée de l'univers fantastique.

Je lui demandais entre les lèvres du sexe.

— Je ne fais que cela, dit-elle. Tu ne penses pas à ce que tu fais.

— J'y pense trop, dis-je.

J'ai mouillé de larmes de sueur sa toison.

— Apprends-moi... Apprends-moi...

— Ôte ton visage, regarde.

Isabelle couchée sur les marches de l'estrade s'est cherchée, s'est trouvée.

— Approche-toi, regarde, regarde. C'est lui.

Quand tu le perdras, tu le retrouveras. Oh, oh... Non. Pas maintenant. Toi, toi !

J'ai regardé ses cheveux mordorés dans l'angle de ses doigts, j'ai frémi du frémissement des muscles de sa main. Le doigt tournait. Bientôt je vomirais les délices de son orgasme.

Son cou se tendait, son visage partait. Ses yeux s'ouvrirent : Isabelle voyait son paradis.

— Toi. Pas moi, dit-elle.

Elle s'est quittée, elle a fermé son poing.

— Midi une ! Elles sont au réfectoire. Midi une... J'ai peur de me tromper.

— Oui, oui... Jusqu'à ce soir s'il le faut, dit-elle.

Je m'appliquais tant que je goûtais à de la chair irréelle. Je pensais trop près du sexe que je voulais lui donner ce qu'elle désirait. Mon esprit était pris dans la chair, mon abnégation grandissait. Si je manquais de salive, j'en créais. J'ignorais si c'était médiocre ou bien excellent pour elle, mais si la perle se dérobait je la retrouvais.

— Ce sera là, ce sera toujours là, dit Isabelle.

Nostalgie et béatitude se mélangeaient.

— Tu as trouvé, dit-elle.

Elle s'est tue, elle a guetté ce qu'elle ressentait.

J'ai reçu ce qu'elle recevait, j'ai été Isabelle. Mon effort, ma sueur, mon rythme m'excitaient. La perle voulait ce que je voulais. Je découvrais le petit sexe viril que nous avons. Un eunuque reprenait courage.

— Je vais jouir mon amour. C'est beau : je vais jouir. C'est trop beau. Continue. Ne t'arrête pas, ne t'arrête pas. Toujours, toujours, toujours...

Je me suis soulevée : je voulais voir un oracle sur nos paillasses.

— Ne me quitte pas, ne me laisse pas, dit Isabelle affolée.

— Tu me le diras, dis-je, mon visage dans la fournaise du sexe.

— Oui, mais ne me quitte pas.

J'ai persévéré, j'ai été le reflet de l'autre.

— C'est commencé. Cela commence. Cela monte. Dans les jambes, dans les jambes... Oui, mon amour, oui. Toujours... Continue... Dans les genoux, dans les genoux...

Elle regardait la sensation, elle appelait à l'aide.

— Cela monte, cela monte plus haut.

Elle s'est tue. J'ai été submergée et balayée avec elle. J'ai eu des stigmates aux entrailles.

Nous nous sommes remerciées avec des sourires fragiles.

— Cette fois on vient. Cache-toi. Je sors, je masquerai la vitre. Va au dortoir... Nous sortons ensemble à quatre heures, chuchota Isabelle.

— Tes cheveux ! Tes cheveux !

Elle enferma le désordre et la folie dans la torsade ; elle sortit maîtresse d'elle-même.

Une élève accourut dans le couloir. J'écoutai derrière la porte.

— Tu as perdu la tête, disait Renée. Tu sais l'heure ? Midi vingt-cinq. Je t'ai cherchée partout : dans les classes, en salle d'étude, à l'infirmerie. La directrice est furieuse.

— Elle le sait ? a demandé Isabelle.

— Elle est venue au réfectoire. Ta place vide l'a scandalisée. Mais qu'est-ce que tu faisais ?

— J'étais en salle de chimie. Je travaillais. Il faut que je l'explique à la directrice, dit Isabelle.

— Thérèse aussi a disparu. On la croyait souffrante au dortoir. Je lui ai monté son déjeuner. Personne. Vous êtes inouïes, dit Renée.

Elles sont parties.

Le plateau était dans ma cellule avec les déchets de viande, les lentilles, les deux petites pommes vertes.

Mange. Mange pour avoir des forces à quatre heures de l'après-midi, me disais-je avant d'engloutir les tristes nourritures refroidies.

— Tout à fait mieux ? me demanda une surveillante que j'avais bousculée avec mon plateau au bas de l'escalier.

— J'irai chez le docteur à quatre heures, dis-je avec suffisance.

Je courus dans la cour de récréation pour la revoir.

— Isabelle a eu des ennuis, Isabelle travaille, me dit Renée.

— À l'avenir vous me demanderez la permission de monter au dortoir même si vous ne vous sentez pas bien, me dit la nouvelle surveillante.

Elles se mettaient en rangs pour l'étude.

Nous les élèves, nous avons écouté le coup de sonnette dans le tramway, la plainte sur les rails quand le tramway est reparti. Les bruits et les effluves de la ville ne me délivraient plus : le collège était ma maison de rendez-vous, le collège était mon bracelet et mon collier.

Isabelle étudiait. J'ouvris un livre, j'écoutai :

« Plus vite, moins vite, continue, continue, c'est commencé, cela commence, plus haut, plus bas, ne me laisse pas, ne me quitte pas, toujours, toujours... Je vais jouir. C'est beau. Je vais jouir. C'est trop beau... Toujours, toujours... C'est là, ce sera toujours là. »

J'écoutai sa voix jusqu'à la fin de l'étude.

— Douze roses ! À quoi as-tu pensé ? dis-je à l'externe. Je ne t'avais pas dit douze mais deux. Et un carton à chaussures en plus. Je suis fraîche !

— J'ai mal déjeuné à cause de toi. J'ai cherché le carton au grenier. C'est tout ce que j'ai trouvé pour les dissimuler et tu n'es pas contente ! Deux roses faisaient trop fauché. Tu me les paieras quand tu pourras.

— Je te les paie tout de suite mais tu les remportes chez toi. Il faut que tu m'en débarrasses. J'en prendrai deux et tu offriras les autres à tes père et mère...

— C'était pour une surveillante !

— Non... mais tu me donnes une idée.

— On en reparlera. J'aime les gros bouquets, dit l'externe.

Elle s'est sauvée et je me suis sauvée aussi au dortoir avec les fleurs.

— Qu'est-ce que vous faites ici ? demanda la nouvelle surveillante. Vous n'êtes pas continuellement souffrante !

Un parfum minable de shampoing asphyxia mes roses quand elle entr'ouvrit son rideau.

— Je vous cherchais. Je voulais vous offrir ces fleurs...

— D'où viennent-elles ?

— J'ai désobéi. Une élève me les a apportées. Elles viennent du fleuriste.

— Nous fermerons les yeux mais ne recommencez pas.

Elle exultait.

— Je n'ose, dit-elle, vraiment je n'ose. Entrez. Voyons ce que vous m'offrez.

Ce n'étaient que napperons, que batistes, que linons, que jours contrariés, que rubans, que coussins brodés qui vous donnaient une suée de féminité. Elle coupa la ficelle autour du carton avec des ciseaux à broder. Elle enleva le papier : ses longues mains convoitaient.

— Des roses...

Je me penchais sur mes fleurs sacrifiées qu'elle n'osait pas éveiller.

— C'est trop. Je devrais vous gronder. Vraiment, c'est trop.

Tourte, ai-je pensé. Elle a voulu une poignée de main.

J'ai dormi comme d'habitude, j'ai repris des forces, je me suis rafraîchie au dernier rang pendant les cours.

À quatre heures, Isabelle m'attendait à la porte de la classe.

— Je vous conduis chez le docteur, dit-elle.

— On était bien ici, dis-je dans le brouhaha.

— C'est un ordre, dit Isabelle. Je monte au dortoir pour m'habiller et vous feriez bien d'y venir aussi.

Nos rapports se défaisaient, mon cœur n'avait plus de force. Sortir avec elle, c'était incroyable.

C'est là que je l'ai retrouvée.

Isabelle a quitté sa cellule, les cheveux défaits, les épaules habillées de son voile de cavalier arabe, Isabelle me rassurait avec sa parure de nos premiers instants : elle caressait le manche de sa brosse à cheveux.

— Nous partons. Songe que nous partons, dit-elle.

— Ne va pas dans ta cellule. Que je te voie toujours, dis-je.

La main qui tenait la brosse retomba. Les cheveux se sont éteints.

J'ai couru vers elle :

— Va chez toi, sois belle sans que je le voie, dis-je.

Isabelle jeta sa brosse dans l'allée. Elle mettait son écharpe de cheveux autour de mon cou.

— Je veux t'étrangler. Je le veux, dit-elle.

Mais elle ne serrait pas.

Notre tutoiement dans l'allée me dépaysait. Je l'emmenai par la main, je lui montrai le bouquet de roses :

— Je lui ai offert à une heure et demie. Tu n'es pas fâchée ?

— Fâchée ! Ce ne sont que des fleurs, dit-elle sans se tourner.

Le voile sur ses épaules se soulevait à chaque pas, ses cheveux étaient plus émouvants que les roses. Je suis rentrée dans mon box :

— Cette visite me tourmente.

— Pas moi. J'ai envie de me promener avec toi et c'est ce que nous ferons. Nous dirons que le docteur a été appelé d'urgence. Je m'en charge.

Isabelle revenait. Elle souleva le rideau de ma cellule :

— Tu ne t'habilles pas ? Veux-tu que je t'aide ?

— Je ne m'y habitue pas. J'ai un peu peur.

Elle saisit mes poignets :

— Peur ! Tu ne devines pas que je suis prête à tout abandonner ?

— Même tes études ?

— Surtout mes études puisque ce serait le plus dur, dit Isabelle.

— Je ne le voudrais pas. Je ne le voudrai jamais, dis-je.

Nous nous sommes préparées. Les cris de la cour de récréation ne nous concernaient plus.

— Je vous la confie, dit la surveillante générale à Isabelle. Vous avez la lettre avec le numéro et le nom de la rue. Vous le trouverez chez lui. Il est prévenu. Revenez-nous avec de bonnes nouvelles.

— Vous nous accordez un petit tour en ville ?
dit Isabelle.

— À la condition que vous n'abusiez pas. Ne
vous sauvez pas, criait-elle.

Nous avons traversé posément la cour d'honneur mais les fleurs, le gazon, les arbres se sont
envolés. Le concierge nous a saluées.

Nous avons longé le mur du collège, nous
avons entendu la voix d'un professeur de piano,
le battement de la mesure avec la règle d'ébène
qui traînait toujours sur le piano droit.

— Tu n'es pas contente ?

— Nous étions bien dans le collège.

Nous avons longé le mur de Saint-Nicolas : les
prêtres enseignaient, des garçons se déchaînaient.

— Je peux te donner le bras ?

— Il faut se méfier, dit Isabelle.

Le tramway et son timbre que nous écoutions dans la cour de récréation montait vers le
collège. Des élèves entendraient le refrain de la
petite vitesse. Les boutiques succédèrent aux
maisons qui dormaient, la plainte du tramway
sur les rails se prolongea au-delà du collège :
nous étions en ville.

Isabelle s'arrêta devant l'étalage d'une maroquinerie. Elle voulait que je regarde avec elle le
cimetière des choses en daim noir :

— Tu aimes ces trucs-là ?

— J'aime, j'aime... Tu le sais ce que j'aime,
dit Isabelle.

J'étais fière de me sentir deux contre la ville.

— Est-ce que tu m'oublieras ? Moi jamais, dit Isabelle.

Elle contemplait un fermoir en strass.

— Tu vivras toujours en moi. Tu mourras avec moi, dis-je.

Je fermais les yeux, j'imaginais qu'elle me parlait à voix basse dans la nuit du dortoir.

J'ai glissé mon bras sous le sien, j'ai pétri sa main gantée, j'ai introduit mon doigt dans le losange, j'ai atteint le creux. La maroquinière désœuvrée nous observait.

— La directrice trouverait que nous nous tenons mal. Oui, donne-moi le bras, dit Isabelle.

Nous sommes reparties, nous avons enjambé la lumière au-dessus d'un clocher. Le timbre douceâtre d'une ambulance a ponctué nos extases, le brimbalement des bidons de lait qui s'entrechoquaient, le conducteur qui somnolait au sommet de la voiture m'ont donné la nostalgie des flaques de boutons d'or.

Nous courions pour essouffler la liberté, nous courions à côté des cônes d'anthracite de l'entrepôt, nous longions les miroitements bleus, nous nous redressions à proximité des pyramides d'orgueil. Je me souviens du charbonnier à la gueule cabossée que nous intriguions, qui rentrait dans l'entrepôt, je me souviens de ses yeux blancs et de la poussette qu'il conduisait du bout des doigts.

— Que faisons-nous maintenant ? dit Isabelle.

— Je ne sais pas.

— Moi je sais, dit-elle.

— Nous allons nous promener ? Nous allons à la salle d'attente ? Nous allons prendre un billet de quai ? Nous allons goûter dans une pâtisserie ?

Elle renvoya tout cela avec la main.

— J'ai une adresse, dit Isabelle.

— …

— Dis quelque chose. J'ai une adresse pour nous deux. Ça ne te plaît pas ?

Nous trottinions à côté du mur rocailleux d'une fabrique. Un madrier tomba au loin.

— Nous allons à l'hôtel, dit Isabelle. Pas exactement à l'hôtel. Dans une maison.

Je me séparai d'elle.

— Tu ne veux pas ?

— Je ne sais pas ce que c'est.

— C'est une maison avec une dame qui nous recevra, avec une dame aimable.

— Comment le sais-tu ?

— C'est un commerce. Elle sera forcément aimable, dit Isabelle.

Nous arrivions sur une place avec une ronde d'arbres tout en moignons.

— Tu te décides ?

— Je n'ose pas, dis-je.

Nous tournions furieusement autour des arbres amputés.

— Alors ? C'est oui ou c'est non ?

— Nous étions bien dans le collège…

— On sera bien mieux qu'au collège, dit Isabelle.

J'ai pris son sac à main, je l'ai porté avec mon

porte-billets, j'ai mis mon bras sous le sien : nos doigts entrelacés ont fait l'amour.

— Tu n'as pas faim ? Il y a des pâtisseries, dis-je avec le faible espoir de la détourner de son chemin.

— Je n'ai plus faim depuis que je te connais. C'est là. C'est bien cela.

— Algazine, Robes et manteaux : c'est l'adresse ?

— Sonne, mais sonne donc. C'est de ton côté.

Je ne me décidais pas.

— Vous permettez, dit un barbu, vous permettez à moins que vous ayez sonné. Dans ce cas..

— C'est fait, lui répondit Isabelle.

L'homme souleva son feutre apprêté, la porte s'ouvrit toute seule.

— Honneur aux dames, dit le monsieur.

Il s'effaça, il souleva encore son chapeau. Isabelle me poussa. J'entrai la première. Des imperméables délabrés pendus au portemanteau semblaient à l'abri des pluies depuis longtemps et, au-dessous d'eux, des cannes avec des pommes d'or, des têtes d'animaux sculptés dans le bois, dans l'argent se séparaient de tous côtés comme les tiges d'une gerbe. Le barbu essuyait ses pieds.

— Vous connaissez sans doute le chemin, insinua-t-il d'une voix gourmande qui ne ressemblait pas à sa voix dehors.

— Non ! dit Isabelle.

Nous nous sommes rangées contre le mur, nous avons eu l'humidité sur notre dos pendant qu'il trottinait dans le couloir avec son chapeau à la main, avec sa serviette sous le bras. Il plia son index, il hésita, il frappa deux fois à une porte vitrée camouflée avec du papier vitrail.

— Entrez mais entrez donc...

La voix parvenait d'une montagne de bienveillance.

Il palpa sa barbe, il ouvrit la porte.

— Je vous en prie...

Il regardait le chemisier trop peu échancré d'Isabelle.

J'attendais encore des mannequins de couturière, des chutes de tissus, des bobines où ce n'étaient que plantes, arbustes, oiseaux, cages.

— Je vais la chercher, dit l'homme.

Il s'en alla dans une courette agréablement encombrée de géraniums bulbeux, de lierres, de vignes en pot, de fougères, d'arrosoirs, d'étagères pour les plantes.

— Allons-nous-en ! dis-je.

— Attends-la, dit vivement Isabelle.

Isabelle regardait un tableau avec des rochers orange, des vagues de confiture bleue. Les oiseaux qui chantaient dans les cages faisaient mousser la lumière.

— Je vous en prie, ne vous levez pas, dit la dame. Vous m'excuserez. Je soignais mes comtesses.

Elle désigna les plantes avec son collier de perles qui tombait en sautoir jusqu'au ventre.

— Il ne faut pas être bruyants lorsque j'ai du monde, dit-elle aux oiseaux.

L'homme avec sa serviette et son chapeau à la main nous salua : il était parti comme il était venu.

— Il n'a pas trouvé Mademoiselle Paulette. Il est désolé, dit la femme au visage non dégrossi.

Malgré sa grande taille, son âge, son poids, elle s'assit d'un bond sur la table.

— Je suis à vous.

Isabelle se leva :

— Nous sommes ici pour une chambre.

Madame Algazine nous considérait et jouait avec son collier.

— Nous désirons la louer pour une heure environ, dit Isabelle.

La cage accrochée à l'anneau de la suspension se balançait, l'oiseau pépiait sous la coupole de porcelaine.

— Je vois, dit Madame Algazine.

Elle rejeta son collier de perles dans son dos.

— Vous êtes mineures, dit-elle.

Elle s'enfuit dans la courette. Isabelle grinça des dents. Mais elle revenait avec une tendre feuille de laitue qu'elle introduisit entre les barreaux de la cage. Elle retourna dans la courette avec le même élan.

Je me levai, j'appelai :

— Madame !

— Tout de suite mes petites, tout de suite, dit-elle avec condescendance.

— Madame ! dit Isabelle avec fermeté.

Elle réapparut encore.

— Nous voulons vous louer une chambre, vous dis-je.

Madame Algazine ouvrit ses yeux :

— Pourquoi ne m'avez-vous pas dit cela en arrivant mes petites chattes ?

— On vous l'a dit.

Les ailes parfois se meurtrissaient aux barreaux des cages, la blessure dans notre esprit était grise.

— Vous êtes mineures… ? Évidemment.

— Oui, avons-nous répondu ensemble.

— Vous êtes pensionnaires au collège… ? Vous portez l'uniforme.

— Nous vous paierons, nous avons de l'argent, dit Isabelle.

— Vous paierez après, dit Madame Algazine.

Isabelle ouvrit sa jaquette mais je me mis devant elle. D'une poitrine, Madame Algazine ne verrait que le bouclier.

— Boirez-vous un doigt de porto, mangerez-vous quelques gâteaux dans la chambre ?

— Nous boirons et nous mangerons ce que vous voudrez, dit Isabelle. Indiquez-nous le chemin.

— On est farouche… ?

Madame Algazine ouvrit la porte vitrée, elle désigna l'escalier avec son collier qu'elle maniait comme on manie un tuyau d'arrosage.

— L'électricité coûte cher, le pétrole aussi, l'huile aussi, les allumettes aussi. Tout coûte cher, dit Madame Algazine avec la voix de sa vraie nature.

L'escalier était sombre. Nous avons frôlé sur le palier des chambres détériorées, des lits-cages éventrés, nous nous sommes cognées à des caisses de vaisselle, à des éboulis de plâtre, à des drapeaux déchirés. Madame Algazine nous conduisait et regardait distraitement les choses.

— Pour vous, ce sera la première porte, dit-elle.

— Merci, oh merci, dit Isabelle.

— Je vous apporterai le porto dans un moment.

Madame Algazine repartait seule et âgée dans le sinistre escalier.

Isabelle ôta la clé de la serrure, elle entra la première.

— Deux lits ! dit-elle.

Elle voulut fermer la porte mais elle n'y parvint pas. La clé qu'elle jeta sur la cheminée tomba. Elle lança son chapeau de pensionnaire au fond de la pièce, elle poussa la table contre la porte.

— Enlève-le, dit-elle sur un ton de reproche, nous ne sommes pas en visite ici.

Elle envoya mon chapeau contre l'armoire à glace, elle défit mes cheveux.

— Allonge-toi avec moi sur le carrelage, dit-elle.

Ma bouche rencontra sa bouche comme la feuille morte la terre. Nous nous sommes baignées dans ce long baiser, nous avons récité nos litanies sans paroles, nous avons été gourmandes, nous avons barbouillé notre visage avec la

110

salive que nous échangions, nous nous sommes regardées sans nous reconnaître.

— On remue dans la chambre à côté, dis-je.

Elle se dressa. Je la dévastais lorsque je la faisais attendre.

— Moi Isabelle. Pas toi.

Je l'ai saccagée comme si elle se débattait.

— On remue dans la chambre à côté. Regarde Isabelle, regarde dans le mur.

— C'est un œil-de-bœuf, dit-elle.

— On peut nous voir. Je suis sûre qu'ils nous voient.

Je me suis allongée sur elle, je l'ai cachée aux autres.

— Qui « ils » ? demanda Isabelle avec une voix suave.

— Je ne sais pas. Ceux de la chambre. Écoute ! Le bruit de notre sommier au dortoir.

Isabelle ouvrit les yeux. Je la surprenais.

— Laisse donc les autres et allonge-toi mieux que cela, dit Isabelle.

Elle me griffait ou bien elle raclait le carrelage avec ses ongles.

— Notre sommier la nuit... Je t'en supplie : écoute.

On frappa.

— Ouvre, dit-elle. C'est la porte.

On essayait de pousser la porte, on parlait :

— Qu'est-ce que vous avez fait ? Vous vous êtes barricadées ?

J'ai ramassé la clé, j'ai reculé la table. Madame Algazine tendit le cou dans l'ouverture :

— Prenez vous-même le plateau sur le palier puisque vous vous êtes enfermées.

Isabelle allongée au milieu de la chambre croisa les bras sur son visage.

J'ai pris le plateau, j'ai entendu les gémissements du sommier dans la chambre voisine. Je suis rentrée dans la chambre :

— Tu ne veux pas boire ? Tu ne veux pas te lever ?

— Je veux que tu viennes, dit Isabelle.

— Le bruit de notre lit la nuit...

— Ce n'est pas le bruit de notre lit la nuit, dit Isabelle.

J'ai prêté l'oreille. Le rythme régulier ne ressemblait pas au rythme saccadé dans le box d'Isabelle.

— Qui est-ce ?

— Un couple.

Le lit se taisait. J'écoutais encore.

— Viens, dit Isabelle, viens tout habillée.

Je suis venue : mon ventre brûlait sa robe.

— Épouse-moi, épouse-moi partout, gémit Isabelle.

Son sourire grandissait et je la possédais partout à la fleur de l'étoffe : mes bras, mes jambes l'ensevelissaient. Je me suis cachée dans son cou :

— Le bruit recommence.

Je ne pouvais pas m'arracher à cette cadence régulière.

— Écoute !

— Je n'entends rien, dit Isabelle.

J'étais captive du rythme, j'étais condamnée

112

à le suivre, à le souhaiter, à le redouter, à me rapprocher de lui.

— Buvons le porto, dit Isabelle.

J'épiais.

— Bois ! commanda Isabelle.

J'obéis. J'avais de la chaleur orange dans la poitrine.

— Écoute ! On crie.

Isabelle haussa les épaules :

— Je n'entends pas.

Elle se promena dans la chambre. On soupirait, on geignait.

Isabelle se pencha sur le lit-cage : elle fouilla dans son sac.

— Moins de bruit. On se plaint, dis-je.

Quelqu'un était emmuré dans la chambre à côté de la nôtre, quelqu'un qui essayait de s'enfuir et qui n'y arrivait pas.

Isabelle limait ses ongles.

— Empêche-moi d'entendre ! dis-je.

Isabelle continuait de limer l'ongle du pouce.

La dernière plainte monta jusqu'à l'étoile Polaire. La lime d'Isabelle grignotait le silence.

Isabelle remit sa lime dans son sac à main :

— Nous perdons notre temps. Pourquoi avons-nous loué cette chambre ?

— Je ne sais plus, dis-je.

Isabelle me gifla.

— Je ne sais plus, je ne sais plus..

Isabelle me donna une autre gifle.

— C'est un couple. Il y a un couple près de nous, dis-je.

Elle prit le guéridon, elle le lança sur le marbre de la cheminée. La fureur d'Isabelle m'enchantait.

— Déshabille-moi, dit Isabelle.

Je l'ai dévêtue, j'ai rangé un par un ses vêtements sur le lit-cage.

Elle était nue, sévère, très droite au milieu de la chambre. Je la pris par la main, je l'emmenai et de l'autre main, en passant, je redressai le guéridon.

Je suis tombée sur Isabelle, j'ai déshabillé la forme des jambes, du cou-de-pied, je me suis vue dans la glace. La chambre était vieille, la glace me renvoyait les croupes et les caresses des couples. J'ai mis sa jambe dans mes bras, je l'ai frôlée avec mon menton, ma joue, mes lèvres. Je me frottais à l'archet, le miroir me montrait ce que je faisais, les gifles qu'elle m'avait données m'excitaient.

— Tu me fuis, dit-elle.

Je regardais dans la glace ses mains jointes sur sa toison, j'avais un plaisir de solitaire.

— Tu ne te déshabilles pas comme moi ? dit Isabelle.

J'embrassais son genou, je me regardais dans le miroir, je m'aimais dans mon regard.

— Tu me négliges, dit Isabelle.

Je me suis séparée du miroir : le sexe des douces profondeurs. Mais le miroir m'attirait, le miroir me redemandait pour d'autres caresses solitaires. J'ai caressé les lèvres et la toison d'Isabelle avec son doigt. J'avais le poids du plaisir entre mes cuisses.

— Qu'est-ce que tu fais ?

— Dors une minute.

— Je me demande si tu m'aimes, dit Isabelle.

Je ne voulais pas lui répondre oui.

Isabelle s'est assise sur l'oreiller, elle a croisé les jambes. Les formes ramassées m'intimidaient.

— Lève la tête. En voilà des histoires, dit Isabelle.

On ouvrit, on referma une porte.

— C'est le couple !

Isabelle étouffa un bâillement :

— Oui, un couple.

Elle ouvrait ses cuisses :

— Si tu ne veux pas, dis-le.

Je plongeai dans le sexe. J'aurais mieux aimé qu'il fût plus simple. J'avais presque envie de le recoudre partout.

— Ma carpe chérie, ma bouche sous-marine adorée. Je reviens. Je suis revenue. Le couple est parti... Nous sommes seules... C'est le monstre rose. Je l'aime, il me dévore. Je l'adore les yeux ouverts.

— Tu me mords, tu me blesses, dit Isabelle.

— Je m'accuse mon petit fragile, je m'accuse ma petite fleur brûlante.

— Oui... Comme dans la salle de solfège, comme dans la salle de solfège... Doucement... doucement... C'est presque cela. Presque, presque...

— Tu parles trop Isabelle.

Mon visage plongea encore dans la sainte image. Je léchais, je lampais, je m'arrêtais pour me reposer mais se reposer était une faute.

— Est-ce là ?

— C'est là.

Je me réenchaînai : j'avais un soleil à éclairer. Je voyais ce qu'elle voyait et ce qu'elle écoutait avec la vue et l'ouïe de notre sexe, j'attendais ce qu'elle attendait.

— Toujours... Toujours..

Une chatte lavait, une chatte s'appliquait et caressait à l'aveuglette.

— Longtemps, longtemps, psalmodiait Isabelle.

Je donnais comme un disque détraqué qui se répète. Son plaisir commençait chez moi. Je revins à l'air libre.

— On nous écoute, Isabelle !

Elle serra les jambes, elle se contracta.

— Ouvre la porte, vérifie, dit Isabelle.

J'attendais accroupie, tout habillée.

— Ouvre la porte, reviens vite. Je t'attends, dit Isabelle.

— La porte est trop loin. Tu veux que je recommence !

Je me suis faite charmeuse, j'ai séduit dans les replis avec la mélodie de mon doigt, j'ai caressé le sexe que je regardais dans le miroir. J'ai épié. Je voyais la buée d'une respiration sous la porte et je la voyais aussi dans le miroir.

— Viens t'allonger à côté de moi, dit Isabelle.

— Il y a quelqu'un. Je l'ai vu.

— Tu me tortures ! dit Isabelle.

Je l'ai couverte avec sa jaquette, j'ai traîné la table, je suis sortie. Le palier se morfondait.

— Il n'y a personne, dis-je.

— Ne me touche plus, dit Isabelle.

Isabelle s'était couchée sur le ventre.

Je me tenais debout à côté du lit. Je ne me décidais pas à me déshabiller.

— Tu mériterais que je t'étrangle, dit Isabelle.

Elle se tourna sur le dos :

— Nous partons ? Je me rhabille ?

— Ne me prive pas de tes cheveux. Pas de torsade.

— Je me recoiffe. Tu m'abandonnes, dit Isabelle.

— Oh, qu'est-ce que j'ai fait ! Il y avait quelqu'un. Je ne rêvais pas, dis-je.

— Tu divaguais.

Je me suis laissée tomber sur le lit :

— Ne m'empêche pas... Enlève tes mains, pardonne-moi. Je t'aimerai. Tu m'apprendras. Oui je viens. Tu es belle. Tes jambes aussi sont belles. Je veux bien. Guide mon doigt. Je donne et je reçois, je donne et je reçois.

Je l'abandonnai encore. Je courus dans la chambre, j'apportai ses vêtements que je jetai sur elle et sur la traînée de salive.

— Tu es infernale. Je finirais par te maudire, dit Isabelle qui se crispait.

— On nous voit, on nous regarde, me suis-je plainte.

— Où cela ?

Isabelle s'était mise sur le ventre : elle secouait les barreaux du lit.

— Il y a un œil. Je le vois.

— Tais-toi, tais-toi ! Presque… Presque… Cela monte, cela monte, dit Isabelle.

Elle se tourna sur le dos, elle plia ses jambes qu'elle ramena au creux de son estomac. Elle se consumait.

— C'est ma faute si tu n'as rien, dis-je.

— Je n'aurai rien et c'est ta faute, dit Isabelle.

— Sur la vitre… L'œil…

Isabelle s'était levée, elle marchait nue et digne dans la chambre.

— C'est la faim, c'est la fatigue, ma pauvre Thérèse. Je ne vois rien. Il y a de la poussière et des toiles d'araignées sur cette vitre.

Isabelle se remit au lit, elle s'allongea sous l'édredon américain.

— Tu ne veux vraiment pas te déshabiller ? C'est tiède là-dessous, dit-elle.

Elle remuait son pied, elle me provoquait sous la satinette !

— On est bien ici… Qu'est-ce que tu fais debout ?

— J'ai peur de l'œil.

— Mais viens donc !

De son lit, elle me prit la main.

— Partons Isabelle. Sauvons-nous de cette

maison. Je t'aiderai à t'habiller sur le palier, dis-je tendrement.

Elle lâcha ma main.

— Tout à l'heure tu avais peur du palier.

— Maintenant c'est la lucarne, dis-je.

Elle souleva les épaules :

— Tu as peur de tout.

— Je l'ai vu, l'œil.

Isabelle riait.

— Tu veux bien que nous partions ? dis-je.

Elle me tourna le dos.

Je me suis sauvée sur le palier et elle est venue me rejoindre mais elle est venue nue. Son pubis était bombé. Il pouvait y avoir, là aussi, de la personnalité.

— J'ai froid à cause de toi, dit Isabelle.

Elle me tirait par les mains.

— Nous le ferons ensemble, dit-elle avec une voix qui se voulait prometteuse.

— J'ai peur de la chambre.

— Ensemble... en même temps... Nous crierons autant que nous voudrons. Nous crierons ensemble.

Nous sommes rentrées dans la chambre.

— Je préfère partir.

— C'est préférable, dit Isabelle.

Elle se rhabillait. Je me suis encore sauvée sur le palier, je l'ai laissée à l'intimité de son serre-jarretelles, à ses regrets. Mais chaque atome dans cette maison était voyeur.

— Ton mouchoir, ton chapeau... Où es-tu petite peureuse ?

Elle me cherchait sur le palier.

Sa main effleurait mes cheveux, le parfum mauve de sa poudre de riz me brisait bras et jambes.

Elle m'offrit son poing pour que je m'appuie et que je me relève. Nous nous sommes embrassées.

— Regardons encore une fois, dit Isabelle.

L'endroit abandonné s'était refait une virginité.

Nous nous sommes hasardées dans la nuit de l'escalier, nous avons évité de froisser le foisonnement de petites ailes de notre réconciliation, nous avons ramené le printemps à la source.

— Vous aviez une chambre à deux lits... C'est bien cela ?

— Un lit-cage et un grand lit, dit Isabelle.

— Avez-vous de l'argent ?

Isabelle offrit son argent, j'offris le mien.

— Lequel dois-je prendre ?

— Les deux.

— Oui, les deux, dit Isabelle.

— Le lit était-il bon ?

Madame Algazine nous regarda. Elle comptait les billets.

— Oui, dis-je sourdement, il était bon.

Isabelle donna un coup de poing dans son chapeau.

— Non. Vos lits ne sont pas bons, dit Isabelle.

Madame Algazine se gratta le menton avec nos billets pliés.

120

— Nous sommes pressées. S'il vous plaît, ouvrez, dit Isabelle.

Madame Algazine continuait de chatouiller son menton avec les billets.

— Le porto était-il bon ?

— Excellent mais il faut que nous partions, dit Isabelle.

— La porte est ouverte, dit Madame Algazine en guise d'au revoir.

— Nous avons une demi-heure à nous pour acheter des choses. Il ne faut pas traîner, dit Isabelle.

— Quelles choses ?

— Tu verras, dit Isabelle.

Sa main gantée prit la mienne.

— Donne ton sac... Que je le porte.

— Tu aimes cela porter mon sac ? disait-elle.

La lumière de six heures du soir n'était pas franche, les maisons s'ennuyaient.

Je volai une fleur de fiançailles à un massif de troènes, dans la rue de l'entrepôt de charbon, je l'enfermai dans le poing d'Isabelle.

— ... Je comptais les nuits que nous aurons jusqu'aux grandes vacances. Nous en aurons des masses, dit Isabelle.

Elle me conduisit dans le meilleur salon de thé de la ville.

Les guéridons n'avaient pas été desservis, la résonance des papotages persistait, le parfum du tabac blond se mélangeait aux parfums des clientes qui étaient parties.

— Pourquoi sommes-nous ici ? Tu as faim ?

— Non, dit Isabelle.

— Moi non plus.

— Donne-moi quand même mon sac, dit Isabelle.

Je lui donnai et me sauvai de la pâtisserie.

J'achetais enfin les deux roses que j'avais désirées pour elle. Je la revoyais pendant que je payais les fleurs à la caisse. Isabelle me cherchait et se mordait les lèvres. J'aimais à froid mais j'aimais. Je cachai les fleurs sous ma jaquette.

— C'est malin ! dit-elle. Pourquoi t'es-tu sauvée ?

Nous remontions la rue de la maroquinerie.

— Arrêtons-nous ici. Choisis le sac qui te plaît et je te l'achèterai. Je le porterai quand nous serons seules dans les couloirs du collège, dis-je.

— On croirait que tu m'offres un souvenir, on croirait que tu vas partir. Ne m'achète rien, dit Isabelle.

La maroquinière replaçait un tambourin de box-calf dans un coin de la vitrine.

— Rentrons au collège. Il est temps, dit Isabelle.

— Je veux bien mais tu ne bouges pas.

— J'ai peur de l'avenir, dit Isabelle.

— Peur... toi !

— Je suis malheureuse Thérèse.

La ville s'est fendue en deux.

— Si tu es malheureuse, je meurs.

— Ne parle pas. Serre mon bras, regarde l'étalage. Il faut rentrer au collège et il me semble qu'il ne faudrait pas. J'ai peur, dit encore Isabelle.

122

— Quittons le collège. Nous ne mourrons pas de faim.

— On nous ramasserait. Nous serions tout de suite séparées. Réchauffe-moi, dit Isabelle.

— Ne sois pas malheureuse.

— Attention ! Dans la glace. Regarde... Nous les intéressons, dit Isabelle.

Il pleuvait des doigts menaçants. Pourtant, avec notre assurance, nous charmions les pavés. L'azur entre les branches lointaines nous échevela.

— On se sauve ?

— Pour aller où ? dit Isabelle.

— Chez Madame Algazine.

— C'était une mauvaise idée.

Notre collège réapparut, nous nous sentîmes solidaires de la grande famille anonyme qui étudiait dans les salles d'étude avant le dîner. Je fis un détour au dortoir pour les roses que je dissimulai dans mon sac au linge sale.

À sept heures, Isabelle entra après les autres au réfectoire.

Je jetai ma serviette sous la table, je me baissai pour chuchoter que je porterais son sac à main et que je porterais aussi le zéphyr si le zéphyr la fatiguait.

Elle arrivait. Je comptais ses pas dans la grande allée. Quinze roulements de tambour ont passé sur mon cœur. Que de fois j'ai été exécutée pendant qu'elle venait. La même ville d'amour s'approchait : ma gorge s'élançait.

Isabelle regardait le bleu fervent : Isabelle m'aimait à l'heure du coucher de soleil sur le

vitrail. La surveillante cria mon nom à l'autre
bout du réfectoire.

— Secoue-toi, me dit une élève.

Isabelle aussi m'appelait : Isabelle me décolo-
rait :

— Tu m'aimes ? Tu m'aimes encore ? suppliai-je avec mes regards.

La surveillante me dit que je n'irais pas en
étude, que je monterais au dortoir pour me
reposer, que c'était un ordre de la surveillante
générale.

Le jour s'épuisait, ma cellule dépérissait, des
duvets s'envolaient des lèvres de mon aimée
absente. La nuit s'engageait, la nuit : notre couverture de cygne. La nuit : notre baldaquin de
mouettes.

Je braquai ma lampe de poche, j'éclairai les
fleurs que j'avais achetées, je goûtai à l'atmosphère de gala. La nuit contournait les roses
dans les jardins.

Je commençai une longue toilette de future
mariée, je cachai des parures de fleurs d'oran-
ger avec la mousse de savon dans les aines,
dans les aisselles, je me promenai dans ma cellule avec ma traîne de fraîcheur, j'avançai dans
l'allée avec le sceptre de notre avenir, j'entrai
dans la cellule d'Isabelle : ses objets étaient aus-
tères, son lit orphelin. Je perdis la notion du
temps. Je l'attendais mon visage caché dans mes
mains.

Les élèves étaient entrées comme des enva-
hisseurs, la surveillante avait allumé l'électricité.
Je ne pouvais plus me sauver. Les élèves couraient dans l'allée, hurlaient, riaient.

— Toi ! Dans mon box !

Bras tendu, elle serrait le rideau qu'elle avait
fait glisser avec brutalité sur la tringle, elle
m'apportait dans l'encadrement ses mèches fol-
les en fin de journée, son visage d'égarée, ses
yeux actifs.

La cordelière de ma robe de chambre tomba
sur la descente de lit. Isabelle regardait ma chemise de nuit.

— Oh, dit-elle, que c'est blanc...

Elle me jeta sur son lit, elle entra mais elle
dégaina tout de suite. Une petite fille avait soulevé le rideau, une petite fille nous regardait.
Elle s'enfuit, elle hurla :

— Du sang, j'ai vu du sang.

— Rentre chez toi ! commanda Isabelle.

Isabelle regardait ses trois doigts sanglants.

Je me sauvai.

— Que se passe-t-il ? demanda la surveillante
qui sortit de sa chambre, qui fit quelques pas
dans l'allée.

Je me glissai dans mon lit, je regardai la tache
rouge sur ma chemise de nuit.

— Une simple coupure. C'est déjà fini, dit
Isabelle.

— C'est grave ? demanda la surveillante.

Il y eut un silence angoissant.

— Je saigne facilement, dit Isabelle.

Je sortis de mon lit, je réparai les dégâts de ma guerrière.

— Isabelle...

La nouvelle surveillante affadissait le prénom qu'elle me prenait.

— Oui, répondit fort naturellement Isabelle qui continuait de se laver les dents.

— Ce n'est vraiment qu'une coupure ? demandait la surveillante.

— Ce n'est rien du tout, dit Isabelle la bouche pleine de mousse.

Les élèves bavardaient au-dessous du parfum énergique de l'eau de Cologne, Isabelle se couchait et le sommier pouvait gémir.

La surveillante commençait sa ronde.

— Bonne nuit mademoiselle, murmura une élève.

On avait éteint dans l'allée.

Une amoureuse téméraire frôla mon rideau, laissa dans les plis un peu de son secret. Les chuchotements finirent dans un gouffre. Le dortoir cédait au sommeil.

Moi aussi j'étais foudroyée de sommeil. Je rêvai : Isabelle tenait mon poignet, promenait ma main et les fleurs sur mon sexe. Je m'éveillai labourée, affamée.

J'attendais devant la fenêtre avec les roses, je songeais à l'arrivée d'Isabelle. Le rideau fut soulevé au moment où je le regardais sans le voir. Isabelle est entrée, des siècles d'amour ont soupiré. Isabelle en déshabillé, le col Danton de sa chemise de nuit sur les revers de sa robe de chambre, Isabelle avait le visage préoccupé d'une reine.

— Bonsoir.

— Bonsoir.

J'allongeai les roses sur le lit, je me laissai glisser, je mis des baisers sur ses pieds. Isabelle voulait bien que je l'adore. Les fleurs tombèrent, le froissement du feuillage nous fit craindre l'éveil de la surveillante mais la nuit me fit la surprise du visage d'Isabelle près du mien.

— Tu as mis ta robe de jeunesse, dit-elle.

Elle palpait la fraîcheur des plis. Sa joue suivait la pente de l'aine au genou.

Le nénuphar s'ouvrira dans mon ventre, le voile de la dame blanche traînera sur ma lande.

— Allons, dit-elle avec bravoure.

Nous traversâmes l'allée, nous entrâmes dans le box d'Isabelle.

Le napperon sur sa table de nuit faisait sa poussée de blancheur, l'oreiller était innocent. Elle cassait les tiges des fleurs. D'où venaient mes roses ? Quand avait-elle pris le verre à dents sur la table de toilette ? Quand avait-elle versé l'eau ? Quand s'était-elle penchée sur la cuvette ? Je contemplais Isabelle dans les ténèbres de tous les pays.

— Où es-tu ? dit-elle.

J'ai secoué la nuit sur mes épaules comme nous secouons notre capuchon de neige, j'ai eu dans les roses qui se penchaient au bord du verre à dents, des roses à ma mesure de pensionnaire de collège.

— Respire-les, dit Isabelle.

J'étais ahurie.

— Respire-les !

Elle mit le verre et les roses dans mes mains, elle rejeta ses cheveux, elle me montra son col Danton, son cou. Ma lampe de poche et le verre à dents s'entrechoquaient.

Je promenais des guirlandes de bronze, je traînais des roses en fer forgé autour de son cou.

— La fête, la fête, dis-je sévèrement.

Isabelle protégeait son cou que j'avais enflammé partout. Elle recula mais elle me regarda très près. Le trouble grandissait, le ciel en un seul nuage demeurait en moi : le cordon du désir sortait entre mes jambes. Nous nous convoquions dans le blanc des yeux. Il fallait mourir ou bien se décider. Je suis venue :

— Ouvre ton col.

Je fermais les yeux, j'écoutais si elle ouvrait sa chemise de nuit.

— Je t'attends, dit Isabelle.

L'œil rose me regardait, la rose dans le verre à dents se penchait de leur côté. Mes bras sont tombés ; je voulais bien devenir leur martyre. Ils m'envoyaient leurs rayons de tiédeur et déjà leur soie pesait dans mes mains vides. Je suis partie vers eux et, comme les fruits, ils ont mûri sans se gâcher. Ils gonflaient : je leur confiais le soleil. Isabelle adossée à la cloison les regardait comme je les regardais.

— Ferme ton col, dis-je.

Le chuchotement d'une élève, comme les autres soirs, rajeunit la nuit.

Isabelle souriait à sa gorge. Je sais où je l'aimerais si je l'avais encore : je l'aimerais dans une bergerie, sous le ventre des brebis.

Isabelle ouvrait ma chemise de nuit, Isabelle hésitait, Isabelle était avide. Je ne l'aidais pas : je jouissais de la convoitise d'une reine débraillée. Le soupir tomba de l'arbre du silence, deux gorges s'élancèrent, quatre foyers de douceur irradièrent. Des seins allaitaient mes seins, de l'absinthe coulait dans mes veines.

— Mieux que cela, suppliait Isabelle.

Il ne quitta pas ma bouche lorsque nous tombâmes lentement sur le parquet.

Je le gardais dans mes mains, je retenais son poids de tiédeur, de pâleur, de tendresse. Mon ventre était affamé de lueur.

— Caresse-le, dit Isabelle.

— Non !

J'ouvris la bouche, il entra. Je croquais dans les veines précieuses, je me souvenais du bleuté : il m'étouffait. Ma main s'éloigna en fumée, ma main le quitta avec des sonorités. Quelle foule de voyeurs, les ténèbres au-dessus de nous...

— Tu baisses les yeux. De quoi peux-tu avoir peur ? dit Isabelle.

Je délirais sournoisement pour son cou. Des aimants sous le menton d'Isabelle m'attiraient. Ma lampe de poche tomba sur la carpette.

— Tu nous feras prendre ! dit Isabelle.

— Ton cou...

Elle acceptait l'hommage sans s'y complaire.

Je cherchai sans franchise la rigole entre les seins et c'est à cause de mon regard hypocrite qu'elle croisa les revers de sa robe de chambre. Le portail entre ses yeux et les miens s'ouvrit : nous avions retrouvé la liberté d'aimer et de regarder. Mon regard me revenait comme la vague qui s'est fait mal. Je domptais les miroirs dans ses yeux, elle domptait les miroirs dans mes yeux.

Isabelle s'assit sur mes genoux :

— Dis que nous avons du temps. Dis-le.

Je n'ai pas répondu.

La nuit refroidissait nos lèvres jointes.

— Je compte les heures que nous aurons, dit Isabelle.

Le temps venait et passait avec ses foulards de crêpe. Je protégeais Isabelle avec ses longs cheveux que je lui mettais autour du cou.

— Reste, reste encore, dit Isabelle.

Nous nous sommes serrées mais nous ne nous sommes pas mises à l'abri de la grande marée des heures, mais la nuit dans la cour d'honneur, la nuit dans la ville sont venues sur nous.

— J'ai froid, dit Isabelle.

Nous avons entendu le claquement du vent dans le suaire d'un arbre.

— J'ai peur du temps qui passe, dit Isabelle.

Je me forçai à rire. J'allumai.

Isabelle regarda sa montre :

— Il est onze heures, Thérèse. Éteins.

Elle s'est levée : mes genoux légers m'ont inter-loquée.

Je suis tombée à ses pieds, je me suis liée à ma gerbe.

— Il faut venir dans ma bouche, dit Isabelle.

J'entendis le frou-frou d'une masse de deuil. C'étaient ses cheveux qu'elle rejetait.

Isabelle secoua la pile dans le boîtier.

— Il faut que j'avance l'heure, dis-je, il le faut.

Elle me donna sa montre-bracelet :

— Qu'avons-nous de plus maintenant ?

— Nous serons en avance, dis-je.

J'assouplissais une biche en verre filé, je la touchais sans l'atteindre mais avec ma langue de joaillier, je lui mettais des bijoux dans sa bouche.

Elle s'essuya les lèvres avec ma main, elle joua les indifférentes.

— Ne continue pas.

Elle partit de mes bras : je me retrouvai sans pouvoir sur les ravageurs languissants dans mon ventre. Isabelle se pendit à mon cou.

Je la repris où je l'avais laissée. Nos bouches l'une sur l'autre s'ouvrirent dans un rêve commode. Je la renversai sans me déprendre, je tins sa tête dans mes mains comme d'habitude, comme j'aurais tenu le poids d'une tête décapitée. J'entrai. Je trouvai un relent de pâte dentifrice, un souvenir de fraîcheur. Nos membres mûrissaient, nos charognes se décomposaient. Exquise pourriture. J'entr'ouvris les yeux : Isabelle m'observait. J'avais déclaré la guerre dans sa bouche, j'avais été vaincue. Une musique orientale serpentait dans mes os, la mélopée tournait en rond dans mes coudes, dans mes genoux. J'avais la grâce dans le sang, ma mort se laissait corrompre. Je purifiais ses gencives, je voulais encore anéantir Isabelle avec mon baiser. Je la remerciai deux fois avec deux autres baisers affairés sur ses mains. Des petites têtes se tournaient : les moineaux de la nuit nous observaient.

Nous nous sommes mises au lit, nous avons écouté la fraîcheur des draps. La nuit se penchait et nous veillait, la nuit nous proposait un final de chasteté.

Isabelle prit ma main, elle l'appuya sur la touffe mordorée.

— Ne bouge pas, dit Isabelle.

Ma main se voulait moiteur d'étable. Isabelle venait avec son bras en croix sur le mien, avec sa main intègre, avec un rêve qui atterrissait sur ma touffe.

— Tais-toi, tais-toi !

Isabelle le disait aux deux mains étendues chacune sur son fief.

J'ai de la charpie dans les mollets, de l'espalier j'ai le poids de l'été. La meute... aie pitié... que je ne pourrai plus tenir en respect.

Je guettais, je souhaitais un mouvement de la main délicate. Mon cœur battait sous mes paupières, dans mon gosier.

— Je ne peux plus !

J'ai tout saccagé : nos mains, nos bras, notre touffe, le silence, la nuit.

Nous nous sommes séparées, nous nous sommes attendues, nous avons eu la crevasse de l'effroi entre nous. Si le fil de l'attente se rompt, nous irons au fond de la terre. Je me suis couchée sur le ventre, je me suis blottie en moi-même avec ma fièvre.

Isabelle me traîna au milieu du lit, elle m'enfourcha, elle me souleva, elle m'aéra aux aisselles.

Tu me montais : ce n'était pas nouveau. C'était une charge de souvenirs. J'ai trouvé en te rencontrant un sens à mon néant.

Isabelle sciait mes épaules, s'arcboutait, m'escaladait, s'ouvrait, s'enfonçait, aspirait, se balançait et me balançait. Les veilleuses se ranimaient, la pieuvre refaisait son travail d'accrochage.

— Ne me quitte plus, dis-je.

Nuit, ventre du silence.

Isabelle se soulevait lente, lente, ses lèvres intimes se refermaient sur ma hanche. Isabelle bascula.

Je cherchai sa main, je la mis sur mon dos, je la fis descendre plus bas que les reins, je la laissai sur le bord de l'anus.

— Oui, dit Isabelle.

Je patientai, je me recueillis.

— C'est nouveau, dit Isabelle.

Le timide entra, Isabelle parla :

— Mon doigt a chaud, mon doigt est heureux.

Le doigt inquiet n'osait pas.

Nous l'écoutions, nous avions de la volupté. Le doigt serait toujours importun dans le fourreau avaricieux. Je me contractais pour l'encourager, je me contractais pour l'emprisonner.

— Plus loin, je veux plus loin, gémit Isabelle, la bouche écrasée sur ma nuque.

Elle força dans de l'impossible. Encore la phalange, encore la prison dehors. Nous étions à la merci du doigt trop petit.

Le poids sur mon dos signifiait que le doigt ne renonçait pas. Le doigt furieux frappait et refrappait. J'avais contre mes parois une anguille affolée qui précipitait sa mort. Mes yeux entendaient, mes oreilles voyaient : Isabelle m'inoculait sa brutalité. Que le doigt traverse la ville, que le doigt perfore les abattoirs. Je souffrais de la brûlure, je souffrais plus encore de nos limites. Mais le doigt obstiné réveilla la chair, mais les coups m'affinèrent. J'avais de la griserie en pleine pâte, j'avais un gazouillis d'épices, je m'élargissais jusqu'aux hanches.

— Le lit remue trop, dit Isabelle.

La chair dilatée remercia, le plaisir sévère se propagea dans les pétales. Des gouttes de sueur tombèrent du front d'Isabelle sur mon dos.

— Ne bouge pas. Que je demeure en toi, dit Isabelle.

Nous hivernions. Je me contractai par préséance.

— Oh oui ! dit Isabelle.

Je l'aspirais, je le refoulais, je le changeais en sexe de chien, rouge, nu. Il montait jusqu'à l'œsophage. J'écoutais Isabelle qui se faisait légère, qui suivait la montée, qui profitait du reflet. Le doigt sortit d'un nuage, entra dans un autre. Mon ardeur gagna Isabelle, un soleil fou tournoya dans ma chair. Le corps d'Isabelle gravit seul un calvaire sur mon dos. Je fus tendue de gris. Mes jambes faiblirent dans leur paradis. Mes mollets désaltérés mûrissaient. J'étais amollie jusqu'à l'ineffable pourriture, je ne finissais plus de m'effondrer de félicité en félicité dans ma poussière. Le doigt d'Isabelle sortit avec méthode et laissa aux genoux des flaques de plaisir. Il me quitta. Son départ, lent navire d'harmonies. Nous avons écouté la fin de l'accord.

— Tu n'as rien eu.

— Moi, rien eu ! dit Isabelle.

Elle riait dans mon cou. La folie sur son visage était tropicale.

— Rien eu !!

Elle appuya ma main entre ses lèvres, puis ma bouche évita la sienne. Nous ne mélangions pas les moments.

— Étouffe-moi, dit Isabelle.

Elle se reposait pendant que je l'étouffais et que je m'efforçais de la changer en grain de beauté sur mon sein gauche. Je la serrais, j'avais le frisson à la pointe de l'herbe en hiver.

— Oui, tu m'aimes, dit Isabelle.

Je me soulevais, j'avais les diamants du froid sur mes épaules.

Je me souvenais, je me retrouvais sous le pommier : ma mère m'emmenait dans une prairie pour une fête très personnelle quand le vent d'hiver bousculait avril, quand le vent d'été engourdissait novembre. Nous nous installions deux fois l'an sous le même pommier, nous déballions notre goûter tandis que le vent et son train d'espaces entraient dans notre bouche, sifflaient dans notre chevelure. Nous étendions le foie gras sur du gros pain, nous buvions le champagne dans le même verre à bière, nous fumions une Camel, nous regardions les frissons de jeunesse du blé en herbe, les frissons de vieillesse du chaume sur les toits. Le vent, manège de mouettes, tournait au-dessus de notre amour et de notre goûter.

Je veloutai le prénom d'Isabelle avant de le prononcer, j'écoutai dans mon esprit l'intonation de la phrase que je lui dirais.

— Tu ne veux pas te tourner de mon côté ? lui dis-je.

Isabelle se tourna. Je me jetai dans le Val des Roses.

Les petites lumières dans ma peau convoitèrent les petites lumières dans la peau d'Isabelle, l'air se raréfia. Nous ne pouvions rien sans les météores qui nous entraîneraient dans leur course, qui nous jetteraient l'une dans l'autre. Nous dépendions des forces irrésistibles. Nous avons perdu conscience mais nous avons opposé notre bloc à la nuit du dortoir. La mort nous ramenait à la vie : nous sommes rentrées dans plusieurs ports. Je ne voyais pas, je n'entendais pas, pourtant j'avais des sens de visionnaire. Nous nous sommes enlacées : un miracle s'éteignait au lieu de rayonner.

— Ensemble, ensemble...

Elle se caressait le buste avec ma main :

— Penche-toi. Ensemble, ensemble... Non, non... Pas tout de suite.

Elle retomba.

— Ta main, ta main, gémit Isabelle.

Nous l'avons fait de mémoire comme si nous nous étions caressées dans un monde avant notre naissance, comme si nous rattachions un maillon. La main d'Isabelle qui me troublait autour de ma hanche c'était la mienne, ma main sur le flanc d'Isabelle, c'était la sienne. Elle me reflétait, je la reflétais : deux miroirs s'aimaient. Notre promenade à l'unisson ne changea pas quand elle rejeta sa chevelure, quand je repoussai le drap. J'écoutais dans ses doigts ce que lui chantaient mes doigts. Nous apprenions, nous retenions que les fesses sont des sensitives. Nos mains étaient si légères que je suivais la courbe du duvet d'Isabelle sur mon bras, la courbe de mon duvet sur son bras. Nous descendions, nous remontions avec nos ongles effacés la rainure de nos cuisses refermées, nous provoquions, nous supprimions les frissons. Notre peau entraînait notre main et son double. Nous emmenions les pluies de velours, les flots de mousseline depuis l'aine jusqu'au cou-de-pied, nous revenions en arrière, nous prolongions un grondement de douceur de l'épaule jusqu'au talon. Nous cessâmes.

— Je t'attends, dit Isabelle.

La chair me proposait des perles partout.

— Je ne trouverai pas, dis-je.

Son bras au-dessous du mien en se soulevant souleva le mien. Isabelle s'étudiait. Elle remit ma main, elle commença le mouvement avec sa main sur la mienne, elle me laissa à mon mouvement.

— Concentre-toi, dit Isabelle.

L'air était lourd, l'air était barbare.

Je le berçais, je l'aiguisais, je le sortais des replis de sa déchéance, je lui rendais confiance. Je ne me souviendrais pas ainsi de lui si je ne lui avais pas donné mon âme et ma vie. La perle affinait le doigt et le doigt devenait chair de notre chair : le mouvement se faisait aussi dans notre tête. La chair polissait mon doigt et mon doigt polissait la chair d'Isabelle. Le mouvement se fit sans nous : nos doigts rêvaient. J'assouplis les trépassés, je fus ointe jusqu'aux os avec les huiles païennes.

Isabelle se souleva, elle mordilla une mèche de mes cheveux :

— Ensemble, dit-elle.

Infiltrations de langueur, lézardes de délices, marécages de sournoiserie… Les feuilles de lilas déroulaient leur douceur, le printemps se mettait à l'agonie, la poussière des morts dansait dans ma lumière.

Enfin j'étais moi-même en cessant de l'être, enfin.

La visite était proche dans mon paradis.

— Tu me le diras.

— Je te le dirai.

Je me détachais de mon squelette, je flottais sur ma poussière. Le plaisir fut d'abord rigide, difficile à soutenir. La visite commença dans un pied, elle se poursuivit dans la chair redevenue candide. Nous avons oublié notre doigt dans l'ancien monde, nous avons été béantes de lumière, nous avons eu une irruption de félicité. Nos jambes broyées de délices, nos entrailles illuminées...

— Cela monte, cela monte...

— Toujours, toujours...

Le voile m'effleura sous la plante du pied, le doigt tourna dans du soleil blanc, une flamme de velours se tordit dans mes jambes. Venu de loin, le voile s'en alla plus loin. Marcher sur les flots... Je sais ce que cela veut dire sur le fleuve de mes cuisses. J'avais été frôlée par l'écharpe de la folie qui ne s'arrête nulle part, j'avais été broyée autant que caressée par une crampe de plaisir.

— Ensemble.

— C'était ensemble...

Repos, divin couvre-feu. La même mort dans l'âme et dans le corps. Oui, mais la mort avec une cithare, avec une praline dans le crâne. Notre silence : le silence pervenche des cartes du ciel. Nos étoiles sous nos paupières : des petites croix.

— Ne te tais pas, dit Isabelle.

— Je ne me tais pas. Je te porte.

Je portais l'enfant le plus ressemblant qu'elle pût me donner d'elle : je portais l'enfant de sa présence.

Elle flatta mon cou avec ses cheveux, avec son petit nez froid.

— Un mot...

— Je ne peux pas. Je t'ai là...

J'ai conduit sa main :

— Je t'ai là et là...

J'ai promené sa main sur mes flancs.

— Plie ton bras, dit-elle, plie-le comme si nous nous promenions.

Elle m'a donné le bras et nous nous sommes promenées entre la Petite Ourse et la Grande Ourse sur la carte du ciel.

Mon sang courut vers elle avec jubilation. J'allumai.

Sa toison ne scintillait pas : sa toison s'était mise au pensif. J'embaumai Isabelle avec mes lèvres, avec mes mains. Les dormeuses blêmes respiraient autour d'elle, les ténèbres affamées de pâleur tournaient au-dessus d'elle. J'ouvris ses lèvres et me suicidai avant de regarder. Mon visage le touchait, mon visage le mouillait. Je me mis à l'aimer de franche amitié.

— Mieux que cela.

Je ne pouvais rien de plus.

Isabelle enfonça mon visage.

— Tu parleras, tu le raconteras, dit-elle.

J'avais un carambolage de nuages dans mes entrailles. Mon cerveau était fou d'avidité.

— Tu es belle...

J'imaginais. Je ne mentais pas.

Deux pétales voulaient m'engloutir. Il semblait que l'œil de la lampe vît mieux parce qu'il voyait le premier.

— Parle, supplia Isabelle, je suis seule.

— Tu es belle... C'est bizarre... Je n'ose plus regarder.

Le langage tout en bâillements, le monstre qui faisait les demandes et les réponses m'effrayait.

— Réchauffe-moi, dis-je.

Le frou-frou de ténèbres à trois heures du matin me glaça.

— Dors un moment, dit-elle, je surveillerai.

— Je t'ai déçue ?

— Cela se regarde en face comme le reste, dit Isabelle.

La nuit s'en irait, la nuit ne laisserait bientôt que des larmes.

Je braquai la lampe, je n'eus pas peur de mes yeux ouverts :

— Je vois le monde. Il sort de toi.

— Tais-toi.

L'aube et ses linceuls. Isabelle se peignait dans une zone à elle, où ses cheveux étaient toujours défaits.

— Je ne veux pas que le jour vienne, dit Isabelle.

Il vient, il viendra. Le jour fracassera la nuit sur un aqueduc.

— J'ai peur d'être séparée de toi, dit Isabelle.

Une larme tomba dans mon jardin à trois heures et demie du matin.

Je me refusais à la moindre pensée ainsi elle pourrait s'endormir aussi dans ma tête vide. Le jour prenait la nuit, le jour effaçait nos mariages, Isabelle s'endormait.

— Dors, dis-je près des aubépines qui avaient attendu l'aube toute la nuit.

Je sortis du lit en traître, je m'approchai de la fenêtre. Il y avait eu, très haut dans le ciel, un combat et le combat refroidissait. Les brouillards battaient en retraite, une nuit grisonnante persistait ici et là par masses détachées. Aurore universelle était seule et personne ne l'inaugurait.

— Tu partais ? dit Isabelle.

— Dors.

— Reviens. Mon bras a froid.

— Écoute… Une élève qui étudie.

— Ce que je faisais avant de te connaître, dit Isabelle.

Déjà un fouillis d'oiseaux dans un arbre, déjà picorées les premières clartés…

— Je ferai ce que tu voudras, dis-je.

J'ai léché.

Isabelle agenouillée sur l'oreiller tremblait comme je tremblais. Que mon visage en feu, que ma bouche étaient séparés de son visage, de sa bouche. Ma sueur, ma salive, le manque d'espace, ma condition de galérienne condamnée à jouir sans trêve depuis que je l'aimais m'envoûtaient. Je m'abreuvais de saumure, je me nourrissais de cheveux.

Je vois le demi-deuil du nouveau jour, je vois les haillons de la nuit, je leur souris. Je souris à Isabelle et, front contre front, je joue au bélier avec elle pour oublier ce qui meurt. Le lyrisme de l'oiseau qui chante et précipite la beauté de la matinée nous épuise : la perfection n'est pas de ce monde même quand nous la rencontrons.

— La surveillante est levée ! dit Isabelle.

Le bruit de l'eau dans la cuvette nous vieillit. Elle avait repris des forces pendant que nous avions perdu les nôtres. La surveillante ôtait la crasse de sommeil sur sa peau.

— Il faut que tu partes, dit Isabelle.

La quitter en paria, la quitter à la sauvette m'attrista aussi. J'avais des boulets aux pieds et j'apprenais par cœur l'odeur de nos suées.

Je m'assis sur son lit. Isabelle m'offrit son visage désolé :

— Je ne veux pas que tu t'en ailles. Si, va-t'en. C'est trop dangereux.

J'aimais Isabelle sans gestes, sans élans : je lui offrais ma vie sans un signe.

Isabelle se dressa, elle me prit dans ses bras :

— Tu viendras tous les soirs ?

— Tous les soirs.

— Nous ne nous quitterons pas ?

— Nous ne nous quitterons pas.

Ma mère me reprit.

Je ne revis jamais Isabelle.

DU MÊME AUTEUR

Aux Éditions Gallimard :

L'ASPHYXIE (« L'Imaginaire », n° 193)

L'AFFAMÉE (« Folio », n° 643)

RAVAGES (« Folio », n° 691)

LA VIEILLE FILLE ET LE MORT

TRÉSORS À PRENDRE (« Folio », n° 1039)

LA BÂTARDE (« L'Imaginaire », n° 351, « Folio », n° 41)

LA FEMME AU PETIT RENARD (« Folio », n° 716)

THÉRÈSE ET ISABELLE (« Folio », n° 5657)

LA FOLIE EN TÊTE (« L'Imaginaire », n° 319, « Folio », n° 483)

LE TAXI

LA CHASSE À L'AMOUR (« L'Imaginaire », n° 422)

Composition Nord Compo
Impression Novoprint
à Barcelone, le 25 janvier 2016
Dépôt légal : janvier 2016
1ᵉʳ dépôt légal dans la collection : septembre 2013

ISBN 978-2-07-045433-4./Imprimé en Espagne.

299443